メディアワークス文庫

無駄に幸せになるのをやめて、こたつでアイス食べます

コイル

目　次

第一章　大場莉恵子は、こたつでアイスを食べる

第一話　突然の裏切り

「はあ、なんとか間にあったね」

薄暗い地下鉄の駅から這《は》い出《だ》すように大場莉恵子《おおばりえこ》はゆっくりと階段を上った。

身体《からだ》が鉛のように重く、足が持ち上がらない。

それもそのはず……二日間会社に泊まり込んで仕事をしていたのだ。睡眠不足で、ほんの数段の階段がつらい。

なんとか地下鉄の駅から出ると、冷蔵庫で限界まで冷やしたような風が頬を殴りつけてきて、鼻先までマフラーを上げてため息をついた。

ああ、もう寒いし疲れた。

今日はこれから大きな仕事のプレゼンがある。そのためにこの半年間、プロデューサーとして必死に準備してきた。

プロデューサーというと聞こえが良《い》いが、ただの雑用係だ。

プレゼン、人集め、内容決定、スケジュール管理にスタッフの愚痴聞き、人が足りないなら現場でマイクを持ったりする。とにかく忙しい半年だった。

最後の確認をしていたらミスが見つかって、慌てて修正をしていたら見事な徹夜になった……間に合って良かったと思うしかない。

「やばい、朝日で目がショボショボします」

後輩の葛西真吾《かさいしんご》は莉恵子の後ろを隠れるように歩きながら嘆いた。

葛西はサブリーダーで、莉恵子と同じくらい働いて準備をしていた。

それも今日で終わり……終わったら早く帰ろう……とふたりで日陰を歩きながら言い続けた。

莉恵子は重たいリュックを「よいしょ」と背負いなおした。

「でも紅音《あかね》に会えるし、プレゼンも楽しみだなあ」

「あー、確かに。ずっと一緒の会社だったから、同じ仕事にプレゼンするの初めてですよね」

「そうそう、やめちゃったのは淋《さみ》しいけど、こういうのは楽しいよね」

同期だった細島紅音《ほそじまあかね》が会社を退職、大手のＣＯＮＴＶ《コンティービー》映像部に転職した。

うちは弱小映像会社なので、ＣＯＮＴＶみたいな大手に行くのはすごいことだ。

紅音は絵描きで、莉恵子は彼女が作り出す独自の世界が大好きだった。

入社して六年、一緒にがんばってきたので「辞める」と聞いたときはショックだったけど、紅音の能力なら当然だと思った。莉恵子自身は絵も描けず、コンテも考えられないので、その辺りをできる人たちはみんな尊敬している。

今日は有名アーティスト……蘭上《らんじょう》のプロモーションビデオのプレゼンだ。

十人ほどのスタッフを集めてひたすらアイデアを出し、気分屋の演出家にコンテを書かせて、気を抜くと温泉に逃げていくアーティストを追いかけてイメージボードを書かせて、もう疲れ果てた。

仕事が一本だけならまだ何とかなったけど、同日にもう一本同じような映像提案のプレゼンがあり、それが大変だった。

最後にはどっちの何の仕事をしているのか、分からなくなった。

そんな日々も今日で一回終わり。

目が痛い～と嘆きながらプレゼンをするビルに入った。そしてエントランスでエレベーターを待っていたら、後ろから声をかけられた。

「莉恵子！」

「紅音～～～！」

振り向くと、細島紅音がいた。

会社にいた頃と同じベージュのスッキリとしたスーツを着ていて美しい。

紅音は腰まである長い髪の毛を耳にかけて、

「今日は頑張ろうね」

と言った。昔と変わらぬ笑顔に嬉《うれ》しくなり、莉恵子も一歩前に出た。

「紅音のプレゼン楽しみにしてきたよ！」

「私も莉恵子と葛西くんのプレゼン楽しみにしてる！」

莉恵子たちは近況報告をしながら一緒にエレベーターに乗り込んだ。

友達が仕事仲間でライバルって、わりと楽しい！


「本日はおつかれさまです。さっそくプレゼンのほうを始めていきたいと思います」

通された会議室は、ビルの最上階で全面ガラス張りだった。展望台のように景色がよくて、遠くまで見渡せる。さすがお金がある会社は違うな～。

この会社はネット発のアーティストを多数抱えていて、最近乗りに乗っている。その中でも蘭上は飛びぬけて売れている歌い手だ。

メディアに出ている時はぼんやりしているが、歌った瞬間に別人のように輝く。

若い子を中心に絶大な人気を集めていてTwitterのフォロワーは百万人以上。

だからプレゼンに参加しているのも有名な人たちばかりだ。映像作家や、ネットで名前を見たことがある監督さんや、漫画家さんもいる。

勢いがある人だから、こうなるよね～。

莉恵子がそんなことを考えている間に、プレゼンが始まった。

「では一番手のＣＯＮＴＶの細島さん、よろしくおねがいします」

司会者の声に莉恵子は背筋を伸ばした。始まる。

プレゼンの発表順は事前に通知されていて、一番が紅音で、莉恵子たちは最後から二番目だ。こういった大規模なプレゼンの場合、一番手はわりと不利だ。人間の記憶はどうしても新しく入ってきたものを新鮮に覚えているので、一番手の印象はかすみやすい。順番一覧を見て一番だと「インパクトを足すか」と思う程度には難しい。

紅音は長い髪を揺らしながらゆっくりと前に出てきて、顔を上げてプレゼンを始めた。

「ＣＯＮＴＶの細島紅音です。プレゼンを始めさせて頂きます。テーマは『光と影』です」

それを聞いた瞬間、莉恵子と隣の席にいた葛西は同時に顔を上げた。

そして表示されたモニターを見る。

そこには莉恵子たちが考えてきたものと『同じアイデアの絵』が表示されていた。

いや、正確には違うのだ。ただ、設定がまるごと同じだった。

企画をパクられた。

一瞬で理解して心臓が大きくドクンと跳ねた。

心臓が喉元から飛び出しそうなほど、ドクドクと音を立て始める。

「蘭上さんのイメージは現時点で儚《はかな》さにあると思います。儚くて白にでも黒にでもなれるのに、つねに中間……グレー、それが蘭上さんのイメージです」

紅音がモニターに映像を表示させながら語る。

それは莉恵子が考えてきたトークの内容と、よく似ている。

「こちらをご覧ください。撮影場所のイメージは宇宙にある学校。白のみでデザインされた教室の外に宇宙が見えます」

デザインこそ違うが、テーマも設定も全く同じだ。

要するに企画の根っこをパクられている。

これは、パクられたと騒いでも勝てないヤツ。

どのタイミングで？　いや、この企画の根っこを考えたのはかなり前だ。

紅音がまだうちにいた時期かもしれない。それでも社内で動いていた企画のアイデアをパクるのは当然だけど犯罪。

宇宙に浮く宇宙船の学校、宇宙服を制服にしたイメージ、船外活動……それはすべて莉恵子たちの班が考えたものだった。

なによりたちが悪いのは、アイデアの根底が同じで、もっと豪華に、お金をかけて作ってあることだった。

うちの会社では到底作れないような豪華なサンプル映像。

これを作るだけで数百万かかるだろう……莉恵子は即計算できた。

横にいる葛西を見ると、同じように真っ青になっていた。

莉恵子は手を伸ばして、葛西の腕をギュッと握る。

葛西はハッと顔を上げて、莉恵子のほうに顔を寄せてくる。

「(こんなことされてたなんて全く気が付いてませんでした。本当にすいません!)」

その表情は半分泣いている。莉恵子が気が付かなかったのだ、後輩が気が付けるはずがない。葛西の耳もとに口を寄せて早口で指示を出す。

「(次のTPAPA《ティーパパ》さんに出す予定だった企画とひっくり返す。イメージに合わないのは分かってるけど、口八丁でなんとかする。名前だけ書き換えて。内容は今から考える)」

「(?! 本気ですか?! 全然系統が違いますけど)」

「(なんとかする)」

莉恵子はそう言って紅音を睨《にら》んだ。

ここで引き下がったら、パクられて負けじゃないか。

そんなの絶対に許せない。

莉恵子はノートパソコンでTPAPAさんのために準備していた資料を開いた。

蘭上用に視点を変えてみると、このままだと明るすぎる。

今までの没データで何か足せないだろうか。演出家たちが出したアイデアファイルを開いて目を通していく。没にしたけど、面白い設定はたくさんあるのだ。ただ暗かったり、合わないだけで。それはすべて別ファイルに取ってあるので、見ながら新たに組みあげていく。

しかし半年かけて準備してきたものを突然切り替えるのは容易ではない。

でも、ここで諦めたくない。

莉恵子はペン入れから耳栓を取り出して、音を遮断。自分の世界に籠もった。

順番はまだ先だ。まだ三十分以上あるから、考えられるはず。

途中で葛西が「(変えられそうな所は変更しました。あと使えそうなアイデアもチェックしました)」とデータを転送してきた。

プレゼンがパソコンを直《じか》で巨大モニターに映すタイプで良かった。ちょっと前まではプリントアウトした紙を持参していたのだ。その状態だったら、この方法は使えなかった。

葛西が直したものを見ながら最終プランを脳内で組みあげる。

絵だけ使って、設定はこっちのものを、これとこれを足して……いける。なんとかなる、なんとかする。

莉恵子はプレゼン内容を何度も心の中でかみ砕いて決め込んでいった。

「では次……GG《ジージー》プロダクションの大場さんお願いします」

「……はい！」

集中している間に三十分以上経過していたが、なんとかできた。

顔を上げると、人の間から莉恵子をまっすぐに見ている紅音と目が合った。

悪魔のような表情をしていると思ったら『いつも通りの笑顔』だった。

莉恵子のプレゼンを楽しみにしている、そういう顔だったのだ。

要するに、アイデアの根っこをパクったことを悪いと思っていないのだ。

マジか。茫然《ぼうぜん》とした。

同時にその事実が、莉恵子に完全に火をつけた。

絶対にこのままじゃ終わらせない。

パソコンを持って歩き始めると、足元がふわふわして宙を歩いているようだ。

耳から入っている音が遠く聞こえて息が苦しい。

プレゼンでこんなに緊張したのは久しぶりだ。

でも、とケーブルをつなげて、大きく息を吸い込んで、吐き出す。

大丈夫、なんとかする。

「今までの皆さんのプレゼン、素晴らしいものばかりで聞いているだけで楽しいです。しかし蘭上さん。今まで通りのイメージでご満足ですか？」

「お。大場ちゃん、楽しそうな言葉だね。おじさんワクワクしちゃう」

何度か仕事をしたことがある社長がうれしそうにほほ笑んだ。

社長の横で蘭上はチラリと莉恵子を見た。

蘭上は年齢非公開だが、たぶんまだ二十代前半。病気で不登校が長く、ずっと家で作曲をしていた。人とは違うことをテーマに曲を作り続けて十年、時代はネットでそれを発表できるようになり、時を同じくして病気の特効薬が開発された。

その頃にはネットで有名人になっていた蘭上は、病気を治してデビュー、現在中高生の間で絶大な人気を誇る。病気のイメージゆえ、プロモーションビデオも天使や悪魔、それに死が付きまとうものが多い。

実際莉恵子たちが最初に考えていたのも、宇宙の学校にひとりで佇《たたず》む人間最後の生き残りだったのだ。

もうそれは使えない。もうこのネタを使うしかない。

「蘭上さんにパパになってもらうという企画です」

「う～ん？」

『パパ』というありふれたワードに社長は興味を失う。

莉恵子はモニターの画面表示ボタンを押す。

「ただのパパではありません。この世界は水属性の人間と、火属性の人間がいて、絶対に触れ合えないふたりが結婚しているという設定なのです」

「へえ。普通じゃなかった。面白いじゃん。それで?」

画面に表示された絵に社長は興味を持った。

蘭上は動かない。

「持論なのですが、人は無駄に幸せを求めすぎている気がします。結婚も同じで最良の形はそれぞれ違う。はたから見たら不幸でも幸せだったりする。それでも『ひな形通りの幸せ』を願うから不幸になってしまう。それが裏テーマです。この人たちは一見普通の夫婦なのですが、触れ合うと激しい反応を起こして、爆発してしまうんです。これはCGで作ったサンプルの爆発ですが、普通の爆発ではなく、パステルカラーを用いた可愛《かわい》いものにしています。でもふたりが触れ合うと爆発する。だから料理をして分かりあうことにしたんです」

触れ合うと爆発してしまうけど、お互いの身体を使うと美味《おい》しい料理が作れることに気が付く。そして距離を保って、同じものを食べて、一緒に暮らす。

食事をするときは距離を取り、長さ1mほどの柄の長いスプーンにいれて、口に運んであげる。そしてふたりはどうしようもなく幸せそうな笑顔を見せる。

子どもにも料理を口に運んであげる。子どもは両方の属性を持っていて、親子で触れ合うことはできない。

でも離れても心はひとつで、美味しいものを一緒に食べて、幸せなのだ。

無駄に幸せになろうとしてないから、幸せなのだ。

これ、前半の火属性と水属性で結婚……まではＴＰＡＰＡさんという料理研究家さんのために考えたネタだ。

ＴＰＡＰＡさんは、子ども向けの料理本を執筆していて、それに同封する絵本のような映像をプレゼンしてほしいと言われていた。

属性が違う性格の子どもでも、一緒に遊ぼうよ！　という道徳的な観念を入れ込んでいる。しかしそこに即興で闇を足した。

基本がパパなのは、もう仕方ない。

だってＴＰＡＰＡなんだもん、リアルパパさんなんだもん！

それが蘭上のイメージと違うことは分かってるけど、もうこれしかなかった。

蘭上は眉ひとつ動かさず、ぴくりとも動かない。そりゃそうだ。

二十代前半で今まで一本だってパパのイメージで作ったビデオなんてないのだから。

とりあえずプレゼンを終えて、莉恵子は席に戻った。

「(莉恵子さん、マジ神です。蘭上さんに準備した企画っぽく見えました！)」

葛西は莉恵子の耳もとに顔を寄せて興奮しながら言った。

「(セーフ？　てか、ありがとね、追加してくれた部分、使えたよ)」

莉恵子がそう言うと葛西はパァアとうれしそうな笑顔を見せた。

四年間一緒に仕事してるけど、葛西がいなかったら無理だったプロジェクトも多い。正直助かる。

背中が汗びっしょりで、胸元の服を引っ張って風を送った。

心臓がまだバクバクと暴れ続けて息が苦しい。持っていた水を一気に飲んだ。

……なんとか終わった。


全員のプレゼンが終わり、社長が総括に入る。

プレゼン当日にどの企画にするか決まることはない。

毎回一週間以上待たされて結果が出るのだ。逆に言えばそれまで休める。

というか、三時間後にＴＰＡＰＡさんのプレゼンがあるので、何か手持ちのものででっちあげる必要がある。さすがに宇宙天使をＴＰＡＰＡさんにプレゼンできない。逆に紅音のものをパクったことになってしまう。

どうしようかね……と、葛西と目を合わせて苦笑していると、前方の席でトンと蘭上が立ち上がった。

総括を終わらせようとしていた社長が驚いて話を止める。

会議室の視線がすべて蘭上に集まり、シンと静まり返った。

蘭上が口を開く。

「大場さんのにする。俺、パパしてみたい。俺、結婚するなら近づいたら爆発する人と、結婚したいんだ」

蘭上が莉恵子をまっすぐに見て言った。

まわりの人たちも一斉に莉恵子を見る。

蘭上が、即決した⁈

今まで四回ほどプレゼンしてきたけど、こんなのは初めてだった。

莉恵子は驚いて膝に乗せていたパソコンを落としそうになった。それを横にいた葛西が支える。

蘭上の隣に立っていた社長が「おお～」と拍手をする。

「蘭上がそう言うなら、良いと思うよ。俺もこの中では一番面白いと思った」

社長はうれしそうに蘭上の肩を叩《たた》いて、莉恵子に向かって拍手をしてくれた。

プレゼンに来ていた人たちも拍手をしてくれる。どんどん大きくなっていく拍手と、横にいる葛西の涙目で実感が湧いてきた。

うれしい、私、勝ったの……⁈

このプレゼンを取れたのは大きい。間違いなく今期最大の金額が動く。

プレゼンした他社の人たちが口々に言う。

「さすが大場さん、聞いた時に負けたと思った」

「出来上がるのを楽しみにしてるね」

「蘭上さんにパパか。それは出す勇気なかったな」

「設定が生きてるわ」

まわりの声に「ありがとうございます」と莉恵子は頭を下げた。

正直絶対欲しいプロジェクトだったので紅音にパクられた瞬間、一緒に頑張ってきたスタッフの顔が浮かんで泣きそうになっていた。

勝った、うれしい！　勝者の喜びと共に、莉恵子はただ安堵《あんど》した。

そして背中に刺すような視線を感じた。振り向くとそこには紅音がいた。

さっきまでの微笑は消えていて、分かりやすい『憎悪の表情』を見せている。

心底憎くて仕方ない、もはや汚いものを見るような目つき。

ねえ、どうして？

莉恵子は自然と紅音に向かって歩き出した。

すると前方にいる社長から声をかけられた。

「大場さん、次の打ち合わせの予約させて」

「あ、はい！」

奥にいるはずの紅音を探したが、もうその場所にはいなかった。

莉恵子は胸元の服をギュッ……と握った。

第二話　なつかれた？

蘭上は不思議に思っていた。

「蘭上くん、カッコイイ〜〜！」

「蘭上くん、こっちみて〜〜〜！」

ライブでみんながそう言うけど、本当に俺のことを『カッコイイ』と思っているの？

子どもの頃に「きもちわるい」と言われた記憶が、ずっと心を支配していて、素直に言葉が飲み込めない。

自分が人と違うのだと気がついたのは、かなり小さな頃だったと思う。

みんな外で遊んでいるのに、家から一歩も出ることを許されなかった。

窓には特殊なフィルム、外は見えるが世界が銀色に歪《ゆが》んで見えた。

みんなと外で遊びたい、俺だって……！

母親の目を盗んで外に飛び出したら、数分で身体中が痒《かゆ》くなり、救急車で運ばれた。

蘭上が悪いことをしたのにお医者さんに謝る母親を見て、自分が無茶をすると両親が悲しむのだと悟った。

成長と共に病気は軽くなり、ちゃんと皮膚を布で守っていれば普通に小学校には通えることになった。

みんなと外で遊べる！　そうわかった時は嬉しくて、カレンダーの入学式の日に花丸を書いてたくさんのシールを貼った。

あの時の両親のうれしそうな笑顔と油性ペンの匂いを今も覚えている。

そして入学式の日、ワクワクしながら学校へ向かった。正直家から一歩出るのも新鮮で、すべてが楽しかった。

おなじくらいの背丈のクラスメイト、窓からただ見ていた世界に自分がいる。やっと一緒に遊べるんだ！

でもその夢は一瞬で打ち砕かれた。みんなが蘭上を見て笑うのだ。

今考えればわかる。頭の先から足の先まで布に包まれてサングラスをしている小学生なんて恐怖そのものだろう。

みんな蘭上を見て眉をひそめた。

「きもちわるい」

「なにあれ」

「とうめい人間じゃない？」

「なかに人がいるの？」

容赦ない尖《とが》った言葉で心がズタズタになった。

入学式の日を最後に、学校に行くのを止《や》めた。

不憫《ふびん》に思った両親が自宅で楽しめる環境を作ってくれて、作曲をはじめた。そして大人になり病気も治り、歌い手としてデビューすることが決まった。

不登校からの人気歌い手という履歴は、おなじつらい思いをしている子たちにとって救いになっているようで、それは嬉しかった。

おなじような環境の子から届くメッセージにはなるべく返信しているし、その子たちのために歌い続けたいと思っている。

でも病気の後遺症で異常なほど白い肌、色素の薄い茶色の瞳……それを『カッコイイ』と評されるのも、特殊に扱われるのも好きではなかった。

事務所が容姿を利用して売り出しているのもわかっていたし、人前で歌いお金を得る以上仕方ないことだと思っていたが、新曲を出すたびにプレゼンを聞いても、毎回楽しくないのだ。

みんな蘭上のイメージ先行で考えてくる。でもそれは仕方ない。

今日も「なんでもいいや」という気持ちでプレゼンを聞いていた。

宇宙人、生き残り、天使、悪魔……ひたすらおなじようなイメージだ。

「蘭上さんにパパになってもらうという企画です」

その言葉に俺は目をぱちくりさせた。パパ？　俺が？

なにを言っているのかと思ったが、企画の内容は面白かった。

なにより大場というプロデューサーの『はたからみたら不幸でも幸せだったりする』という言葉は蘭上の心を摑《つか》んだ。

蘭上の両親は、病気で家にいる間は『幸せな家族』だったのに、病気が治って歌い手になった瞬間にいがみ合って離婚したのだ。

病気で不幸だったけど幸せだった。

そんなこと、誰に言っても信じてもらえない。

『はたからみると』今は病気で不幸じゃなくて、歌が自由に歌えて売れていて、お金がたくさんあって幸せなはずなのに、ひとりぼっちで誰の言葉も信じられない。

なにかをがんばりすぎてるのはわかるけど、なにをしすぎてるのか、もう自分ではわからない。

大場さんならわかるのかな。

知りたい、この人のことを。

この人は正解を知っているのかも知れない。

「大場さんのにする。俺、パパしてみたい。俺、結婚するなら近づいたら爆発する人と、結婚したいんだ」

自然と口に出た。この人と仕事してみたい。

『人なんて簡単に近づけない』と肌でわかっている人と仕事をしていたい。

蘭上は大場莉恵子を見て思い、一歩踏み出した。

＊

「連絡先、交換する」

「え……っと……」

莉恵子は困惑していた。

目の前で、蘭上がＬＩＮＥの登録画面を見せて止まっている。

その目は爛々《らんらん》と輝き、真剣そのものだ。

有名アーティストの連絡先はトップシークレットで、喉から手が出るほど欲しい人も多い。でも莉恵子は蘭上の個人的な連絡先は、どちらかと言うと要らない。

社長と連絡が取れればそれで問題ないからだ。

「……大丈夫なんですか？」

莉恵子は保護者に近い社長のほうを見て確認した。

社長は目を丸くした。

「ひえー、めずらしい。蘭上は超怖がりの犬みたいな性格だから、自分から連絡先を出すなんてめずらしいんだよ。それに大場さんなら安心、超大人。なにか蘭上向きの仕事あったら、持ってきてよ」

「いやいやいや、蘭上さんなんて仕事山ほどあるじゃないですか」

「難しいんだよ～。なんか過去の蘭上を見ている企画ばっかりで面白くない。その点、大場さんの今回の企画は本当に良かったよ。面白い」

「たはは」

もう苦笑するしかない。

すいません……これTPAPAさん用の企画だったんです……まあ結果オーライだ。

そして同時に、莉恵子を睨んでいた紅音の表情を思い出す。

いつから嫌われていたのか、全く気がつかなかった。

エレベーターで会った時の笑顔は演技だったの？　それとも憎悪じゃなくて負けたことが悔しいだけ？

実は今日のプレゼンを楽しみにしていたのには理由があった。

莉恵子は紅音の作り出す世界が好きで、他社でしている仕事もチェックしていたが、先月別の会社に出してたものも『ぜんぜん紅音っぽくなかった』のだ。良い意味で派手、パンチがある。でも個性が消えていて『よくあるツギハギだらけのもの』になっていたのだ。そのコンペは紅音が勝ってたけど……それでいいのだろうか。もう紅音の独自の世界は見られないのだろうか。

「連絡先」

考え事の渦に飲み込まれていたら、再び蘭上が莉恵子の目の前にいた。真っ白な肌に大きな茶色の瞳、顔が美しすぎて、一瞬どこかファンタジーの国に迷い込んだのかと思ってしまうが慌てて現世に戻る。

「はい、すいません。これちょっと写真がフザけてるんですけど……これで」

莉恵子は蘭上と連絡先を交換した。

蘭上は莉恵子のプロフィール写真を見て「⁉」と顔をあげた。

莉恵子のＬＩＮＥのプロフィール写真はかなりリアルな鳩《はと》の帽子を被《かぶ》ってラーメンを食べている外国人の写真なのだ。

「なんで？」

蘭上はじーっと莉恵子の顔を見たまま言う。

「プロフィールにずっとこの写真を使ってたら変えられなくなっちゃって、他では落ち着かないんです」

「なんで？」

蘭上は一言一句雰囲気も変えずに聞き返してくる。

「面白くないですか？　鳩とラーメン。一度やったらわりと良かったですよ」

莉恵子は開き直って答えた。

「やったの⁈」

横で聞いていた社長が爆笑する。

これってどうなのかな？　と思って、鳩を取り寄せて被って食べてみたのだ。

鳩の羽が邪魔だったけど、髪の毛が落ちてこなくて快適ではあった。

横にいた葛西がスマホを出して、その時撮った写真を蘭上と社長に見せた。

「これです。もう社内爆笑でしたよ。徹夜明けにスーツ着てラーメン食べる鳩です」

「あっ、こら！」

莉恵子は葛西のスマホ画面を隠した。

実はこれ。葛西が彼女にふられて落ち込んでいた時に、元気付けようとしたネタだったのだ。莉恵子が仕事を鬼のように頼んでふられたのは間違いなくて、それを悪いなあと思っていた。こうして今も笑ってくれるので、良かったと思う。しかし写真を外で見せるんじゃない！

蘭上はそれを見て目を輝かせた。

「ください、その写真」

「蘭上さん⁈」

莉恵子は脳天から変な声を出した。葛西は「わかりました！」と即転送した。

なんでだよ、ギャグ写真を有名な歌い手に転送するなよ。莉恵子は葛西を睨むが、なんなら社長も参加して楽しそうだ。

……諦めた。蘭上は無表情でその写真を見つめて顔をあげた。

「ラーメンが食べたいです」

「え⁈　蘭上飯食うの⁈　行こう行こう！」

社長が嬉しそうに横で声をあげる。

蘭上は静かに首を振った。

「大場さんと」

「あ――。すいません、私この先も打ち合わせがみっちりと詰まってまして」

「そう……」

蘭上は目に見えて落ち込んだ。

莉恵子はその様子を見て、一歩前に出て蘭上の目を見た。

「なにか話があるんですね？　わかりました。来週なら大丈夫ですよ」

そう言うと蘭上はハッと顔を上げて口角を上げてほほ笑んだ。

どうやら正解だったようだ。

「じゃあ来週。俺はどこでもいい」

「どこでもよくなーい！　ぜんぜんよくなーい。仕事めっちゃあーる」

社長が後ろで叫ぶので、スケジュールを調整しながら莉恵子と蘭上はその場で食事の約束をした。莉恵子はスマホをいじりながら口を開く。

「葛西も一緒でいいですか？」

「ううん……？　いいけど……」

「おじゃましまーす！」

葛西もその輪に加わった。基本的に若いクリエイターとふたりで食事に行くのは避けている。それを見て社長が嬉しそうに口を開く。

「最近蘭上食欲なくて困ってたんだよ」

「食事は誰かとしたほうが進みますから」

直接誘われたら断らないのが莉恵子のポリシーだ。

連絡先の交換を終えて会社を飛び出した。

呼び止められたから対応したけど、ＴＰＡＰＡさんへのプレゼン準備が全く間に合わない。ふたりで一番近くにあるルノアールに飛び込んだ。

そして一生懸命考えてプレゼンに挑んだが、二番手のネタではＴＰＡＰＡさんは渋い顔しかしてくれず、来週再プレゼンになった。

ああ、どこまでも仕事が続いていく……。

ヨタヨタと電車に乗った莉恵子のスマホにポンと通知が入った。

それは大好きな親友、雨宮芽依《あまみやめい》からだった。

第三話　突然の離婚話

雨宮芽依は専業主婦だ。今日はお義母《かあ》さんとお義父《とう》さんをリハビリセンターに連れて行き、日用品の買い出しを済ませて帰ってきた。

買ってきた荷物の片づけを終えると、そこに旦那である雨宮拓司《たくじ》が突然帰宅してきた。

「ただいま」

「拓司さん?! びっくりしたわ、どうしたの？」

「いや、うん……仕事のついでに寄った」

拓司は芽依をチラリと見て、スーツの上着も脱がずに台所の椅子に座った。

そして周りを見渡して、カタカタと貧乏ゆすりを始めた。

なんだか様子がおかしい……。でも、いつも深夜にしか帰宅しない拓司が昼間に家に寄ってくれるのはうれしい。

買い物から帰ってきたばかりなのでお昼は何も作ってない。

でもこの前買ってきた美味しいお菓子があるから、まずそれを出そうと引き出しを開けたら、拓司が芽依に座るように促した。

その真剣な表情から何かイヤな予感がして、しぶしぶ椅子に座った。

お茶をいれようと沸かした電気ポットがシュウ……と小さな音を立てている。

拓司は静寂を切り裂くように顔を上げて口を開いた。

「芽依、離婚してくれ」

はい？　突然何？と思うのと同時に、ついにこの日が来てしまったと思う。

心のどこかで、いつ言われてもおかしくないと思っていた。

でも考えたくなくて、芽依は壁にかけてある時計を見て現実逃避を始めた。

今日は土曜日だから、そろそろお義姉《ねえ》さんの娘の結桜《ゆら》が帰ってくる。

マリアージュフレールのカサブランカを買ってきたから、いれてあげたいな。

結桜は美味しい紅茶をいれるだけで嬉しそうにするからかわいいのよね。

土曜市だから、スーパーにも行かないと。

ひき肉デーだから、お義父さんにはつくね、お義母さんにはカボチャのそぼろ煮、洋食しか食べないお義姉さんにはハンバーグを作ろうかなあ。

ぼんやりと時計を見ている芽依を見て、拓司はオホンと分かりやすく咳払《せきばら》いをした。

分かってる。分かってるけど……離婚……？

芽依は目の前に座る拓司を再び見た。

スーツのままで真剣な表情……どうやら本気らしい。

芽依はとりあえず聞いてみることにした。

「理由は？」

「子どもが欲しいからだ」

拓司は即答した。芽依は呆《あき》れてしまう。

「子どもって……何もしない状態では、作れないわよね。単細胞じゃあるまいし。思ったより子どもを作れる期間って短いのよ、私は何度も……」

「そういう物言いはもう聞きたくない。毎日バタバタ忙しいアピールがウザいんだよ」

拓司は芽依の言葉を叩いて打ち消すように言った。

その言葉を聞いて愕然《がくぜん》とする。

忙しいアピールって何？

この家には糖尿病と怪我《けが》で通院が必要なお義父さんと、和食しか食べないお義母さん、洋食しか食べたくないお義姉さん（離婚して出戻り）、受験を控えたお義姉さんの娘の結桜に、お弁当には三品入れて欲しいと言う拓司がいて、あげく芽依は日中パートに出ていた。

働かざるもの喰《く》うべからず。

そう拓司が言うので、すべての家事を担いながら働いていた。

朝は四時に起きて食事の準備、日中は働き、帰宅して家事。夜には気絶するように眠る……そんな日々を何とか生きていた芽依に向かって「忙しいアピール」というのは、酷すぎる言葉だった。

「もう少し家のことを手伝ってくれたら心に余裕ができて……」

「俺は仕事をしてるだろ!!」

机が震えるような大声で、拓司が怒鳴る。

芽依はビクリと身を小さくする。

最近拓司は芽依が何か言うと大声でピシャリと黙らせる。

心臓がバクバクして息が苦しくなり、指先が震える。

どうしようもなく怖い。

……私が何をしたって言うんだろ。

大好きな人に結婚してほしいと言われて、望まれてここに来たはずなのに、どうしてこんなことになったんだろう。

意見のひとつも口に出せない。普通の結婚をして幸せになるはずだったのに。

拓司は芽依の目の前で何度も首をふって、言葉をまき散らす。

「離婚してほしいんだ。もう離婚届も、慰謝料も一括で準備してある」

拓司はカバンから緑色の紙と封筒を出した。その封筒はかなりの厚さがあるように見えた。

「な。充分生活を立て直せるお金だろ」

そう言って封筒を芽依に押し付けた。

何より芽依が気になったのは、離婚届の証人の所にお義母さんとお義姉さんの名前が書いてあることだった。

それを見てザワザワしていた心の奥が、スンと静かになった。

おかしいと思ったのだ。

お義母さんがお義父さんのリハビリに付きそうなんて初めてのことだ。

お義父さんは喜んでたけど……このために連れ出しただけなのか。

すべて決まっていたことなのだ。そう悟った。

「わかりました」

「本当か！」

拓司の表情が明るくなり、芽依の心はズキンと痛んだ。そんな笑顔久しぶりに見た。

芽依はその場で名前を書き、ハンコを押した。

雨宮のハンコ。もう必要がないハンコをしっかりと、指先が白くなるまでしっかりと押した。

「短い間ですが、お世話になりました」

「うん、ありがとう芽依」

拓司の顔が我慢できずにニヤニヤしてるのを見て、ピンときた。

すんなり同意するお義母さん、嬉しくて仕方ない拓司……もう再婚相手が決まっているとか？　なんならもう妊娠してるとか？　だから離婚を急いでるのか。

芽依の中でパズルがパチン、パチンと音を立ててはまり始めた。

もうこれ以上、こんな所に一秒でもいたくない。

「では、もう出て行きます。必要なものだけ持って行くので、あとは捨ててください」

「分かった」

離婚を迫った時とは全く違うウキウキとした声で拓司は言った。

芽依は部屋に入り、貴重品関係をまとめてボストンバッグに入れた。数枚の服に、化粧品……といってもスーパーで買った五百円の化粧水しかない。あとは小さなポーチとスマホの充電ケーブル。

まだあるはずだと見渡したけど、夫婦の寝室なのに芽依の荷物は驚くほど少なかった。

荷物をまとめて玄関に向かうと、ちょうどお義姉さんの子ども、結桜が帰ってきた。

結桜は中学二年生で、思春期だ。毎日イライラしているので、なるべく角が立たないように付き合っていた。

芽依が玄関に座り靴を履いていると結桜は立ったまま口を開いた。

「芽依さん、紅茶部屋にもってきてね」

「ごめんなさい、今日はいれられないわ」

「はあ？　何で？　毎日いれてって言ってるじゃん」

「そうなんだけど……」

芽依はチラリと後ろに立っている拓司を見た。

「水でも飲んでろよ！」

拓司は結桜に向かって鼻息荒く言った。

「は――――?!　温かい紅茶を飲まないと勉強できないの！」

「そんなのいらねーだろ。ていうか自分でいれろ」

「芽依さんがいれた紅茶が美味しいの。全然違うの！　ねえ芽依さん、紅茶！」

結桜は芽依の腕を摑んだ。

そして横に置かれたボストンバッグに気が付いた。

「……ねえちょっとまって。まさか芽依さん出て行くとかないよね？」

「そうだ。離婚した。今出て行くところだ」

「はあ⁉ おじさん、本気で言ってる⁉ この家芽依さんがいないと回らないよ⁉」

結桜は玄関に通学カバンを投げ捨てて叫ぶ。

拓司は自信満々で続ける。

「家政婦を雇うから大丈夫だ」

「家政婦さんって高いんだよ⁉ おじさんその金使いでお金あるの⁉ バカだと思ってたけど本物のバカだわ！」

「バカはお前だ！」

言い争う声から逃げるように芽依はボストンバッグを摑んで外に出た。

家から一歩でも離れたくて、走って走って、走り続けた。

この場所からほんの少しでも遠ざかりたい。その一心で走り続けた。

すると、握りしめて走っていたスマホのストラップがチリンと呼ぶように鳴った。

それは親友の大場莉恵子がくれたものだった。

会いたい。会って、泣きたい、全部吐き出したい。もう今この瞬間、吐き出したい。

芽依はＬＩＮＥを立ち上げて打った。

『旦那に離婚してくれって言われて放り出された。莉恵子、泊めて』

それはすぐに既読になった。そして、

『はあ?! なにそれ！ うちにおいでよ。部屋あまってるし。荷物まとめて家に来て。今日は早く帰るから』

と返ってきた。

芽依は嬉しくて嬉しくて、その場で膝を抱えて丸くなった。

何にもなくなったけど、友達がいる。

そして続いてＬＩＮＥがポンと入った。

『ちなみに私も今日、六年一緒に仕事した仲間に裏切られた』

「莉恵子は相変わらず仕事三昧ね……てか、なにそれ……つら……」

芽依は膝を抱えたまま声を絞り出した。

そして、やけくそになってカバンからお札の束を出して地面に置いて、写真に撮り、ＬＩＮＥで送った。

『慰謝料二百万、即金でもらったわ、溶かそう』

『ちょっと地面にお金置かないで！ 美味しいもの買おう！ よし仕事してくる！』

芽依はお金の束とスマホを抱えて、ただただ泣いた。

あふれ出す涙を抑えきれなくて、ただ泣いた。

普通の家族が欲しくて、ずっと頑張って生きてきた。

幸せになりたくて、ずっとずっと、頑張ってきたんだけどなあ……。

何をどう間違えたんだろう。

まったくわからなかった。

第四話　自宅ダンジョンへようこそ

このまま目をつぶったら即寝る。

莉恵子は空いた席を睨んで、手すりを握って立った。

疲れているので席に座りたい。でも今ここで座ったら秒で眠ると知っていた。

そしてここで眠ると芽依を待たせることになることも知っていた。

座らない、ゆえに眠らない！　強い意志でスマホを取り出した。

そこにはＬＩＮＥが山のようにきていた。

まず昼間にＬＩＮＥを交換した蘭上からはラーメンの写真が送られてきている。

莉恵子がラーメン好きだと解釈したのか、蘭上がラーメンが好きなのか、正直全くわからない。そもそもここまで懐かれる理由もよくわからない。

しかし直接誘われたら話を聞くのが莉恵子のポリシーだし、もうひとりのスタッフである葛西がいるなら安心だ。

次のＬＩＮＥは新人アーティストの小野寺《おのでら》だった。

小野寺は、宇宙学校、距離を取って食事する家族という今回の肝になるアイデアを考えて絵にした子だ。どうやら今回の顚末《てんまつ》を誰かに聞いたようで不安そうなＬＩＮＥが届いていた。

『なにがどうなって蘭上さん用の企画になったんですか？　大丈夫でしょうか』

小野寺は新人なので、まずは優しいＴＰＡＰＡさんと仕事させようと思っていたらこんなことに。

莉恵子は『色々あってこうなっちゃったけど、私が助けるから、とりあえずやってみようよ。月曜日お昼、ランチいける？』と打った。それはすぐに既読になり、がんばります！　とウサギが踊るスタンプが送られてきた。

紅音がいない今、小野寺に心折れられると本当に困るので、なるべく助けよう。

同時に紅音のことを思い出す。

ＧＧをやめてから半年、紅音は大きなコンペで何個も勝ち、名前をあげている。

そのうち、何個が人からパクったアイデアなのだろうか。

莉恵子も業界が長いので『偶然かぶってしまった』のはわかるのだ。

今日で言うと宇宙や学校がかぶるのはよくあることだ。

でも宇宙に漂う真四角な教室に宇宙制服をきた蘭上がいるのは、アウトだ。
しかも実際に訴訟になっても、こっちは負けるだろう。
姑息《こそく》な手段だが、きっと紅音はこのまま売れていく。
売れたいのはみんな当然ある感情だけど、こんなことをしては未来がない。
才能がある子なのに。
思い出が一気に押し寄せてきて、脱力するようにトスンと椅子に座ってしまう。
すると一気に眠気が襲ってきて、慌てて立ち上がった。やっぱり座るの禁止！
電車から降りて待ち合わせ場所にいくと、ボストンバッグを持った芽依がいた。
莉恵子は仕事してたし、芽依は結婚したので、あまり会えてなかった。
でも芽依の姿を見ると、自然とテンションが上がり、駆け足で改札を出た。
「芽依〜〜〜！」
「莉恵子―――！」
お互いに顔を見て「はああ〜〜〜」と大きなため息をつく。
ＬＩＮＥとか先に状況を説明できるアイテムのおかげで、初動が省けて楽になった。
莉恵子は苦笑してリュックを背負いなおした。
「仕事が超忙しくて、家に何もないの。買い物して帰ろう」

「いいわよ、お金もあるし、パーッと買いましょう。明日は休み？」

「休み。もう明日一日分の食材買って帰ろ。美味しいものを、ダラダラ食べて愚痴ろ」

「よく考えたら日曜日ダラダラできるのって、久しぶりなのよね、うれしいわ」

「芽依さん……小さな言葉から地獄が垣間《かいま》見《み》えますが……」

芽依の言葉に莉恵子は口元を押さえて震えた。

「莉恵子、話すとながいわよ。家に着いてからにしましょう」

芽依は三角にした目で莉恵子を睨んだ。

よく見ると芽依の目の下にクマが見える。疲れ果てているようだ。

まあ同じような状況だけど……と、莉恵子は心の中で苦笑した。

行きましょ行きましょ、と芽依の背中を押して食品売り場に向かった。

この駅は結構大きくて、駅ビルに色んなお店が入っている。莉恵子たちは、とりあえず酒屋に入った。

「芽依、まずはお酒を決めよう。ビールに日本酒、ウイスキー、なににする？」

「ああ……もうお酒を自分で選べるっていうのが久しぶりすぎて……」

「ちょっと待って、どういう生活してたのよ」

「だから莉恵子。話すと超ながいのよ」

「わかった、わかった、とりあえずビール選ばない？」

「いいわね」

芽依の目が輝いたのを見て、莉恵子は安堵した。

むかしから芽依は真面目で冷静、クラスの誰よりも大人びていた。

先生の覚えもよく、毎年なにかの委員長に立候補していた。

いつも張り詰めたような表情でなにかをがんばっていたけど、莉恵子の前ではほんわりと笑顔を見せてくれて、それがうれしかった。

莉恵子と芽依はふたりで、色んな珍しいビールをたくさん買った。

そしてお惣菜《そうざい》コーナーに移動した。

芽依はウインドウを見て興奮、右に左に移動して商品を見ている。

「魚介が入った生春巻き！　十種の野菜が入ったオリジナルサラダ！　具だくさんのキッシュ！　カニが入ったコロッケ。ああ……これ、作るの大変なのよね」

「ほへ〜。コロッケ作るなんてすごいね。私、家に油もないよ」

楽しそうな芽依を見ながら莉恵子は自分の台所を思い出していた。

油買ったのって何年前だろう。その前に台所に何があるのか、全く思い出せない。

莉恵子は仕事が忙しすぎて、食事は基本的にすべて買って済ませている。ひとり暮らしで料理などコスパが悪すぎる。夜中に半額になった幕の内弁当を買ってきて、おかずをビールと共に食べて、ご飯は冷蔵庫へ。そして次の朝そのご飯をお茶漬けにして食べるのだ。一石二鳥！　ひとり暮らし万歳！

でもまあ二十九歳の女として終わっているのは自覚している。

芽依は眉間に皺《しわ》を入れて莉恵子の方を見ている。

「……家に油もないって、どういうこと？　莉恵子、あなたどういう生活してるの？」

「えへへ。あのね、家はダンジョンみたいになっててヤバいんだけど、大丈夫」

「ええ?!　どういう状態なの？　ダンジョンの何が大丈夫なのよ！」

叫ぶ芽依を宥《なだ》めて、莉恵子は荷物を抱えて家まで歩くことにした。

説明するより家をみてもらったほうが早い。

駅から数十分歩いて莉恵子の自宅に着いた。

亡くなった父親が購入した中古の日本家屋だが庭は広い。広いのだが……子どもの頃に乗っていた小さいサイズの自転車や、キックボード、いつからあるのか覚えもない観葉植物の成れの果ても放置してあり、庭というより巨大な荷物置き場だ。

莉恵子は片づけが苦手で、母親は再婚して家を出ているので、まあ汚い。

歩く目の前……巨大な葉っぱが落ちてきた。それは庭の木からだった。忙しくて剪定《せんてい》も頼んでないので大量の落ち葉が道路に落ちて山を作っている。

何もしてないな～と、莉恵子は苦笑した。

その横で芽依は落ち葉を家の庭に投げ入れていく。

道路に放置するのは、ダメですよね。でも落ち葉って無限ループだから……。

そして玄関を開けると、芽依が「うひょお」と笑いながら言った。

まあなんというか、玄関が段ボール箱で埋まっているのだ。

とにかくAmazon、山のようにAmazon。こんにちはZOZOTOWN、こっちの通路はAmazon、部屋に入ったらZOZOTOWN。こっちには楽天市場、こっちにはまたAmazon。

「ここはヤマトの配送センターか!!」

芽依は両手に持った荷物を段ボールの山の上に置いて叫んだ。

「いえいえ、大場莉恵子の自宅でございま～す」

「ヤバいって言うから想像はしてきたけど、これはひどい」

「言ったじゃん、半年前からプレゼンが忙しくて」

「配送日が二年前の十月。へえ、長い半年ね」

芽依はすぐ横にあった箱を持ち上げて目を平らにして言った。

「そう……長い半年だった……プレゼンがずっとプレゼンが……仕事が……とりあえず入って？」

「ちょっと、大丈夫なの？　虫とか出てこない？」

「虫は私が一番嫌いだもん。通販で食べ物は絶対買わないことにしてるの。だから出てこないよ、たぶん」

「むしろなんでこれだけ箱があって、食べ物がないのよ！」

「腐るじゃん？」

叫ぶ芽依をなだめながら莉恵子はスリッパを Amazon の段ボールから出した。

「入れ物にもなってるのよ？」

「どやるな」

普通に怒られた。

＊

芽依は部屋を見て絶句した。

ヤバいというから覚悟はしてたけど、この量の段ボールは想定外だった。

玄関はすべて段ボールで埋まっているし、その先の廊下もみっちり積まれている。段ボール迷路のように人ひとり通れるスペースがあいていて、そのままリビングに入る。リビングの中も、これまた人ひとりが通れる道が作ってあって、その先にこたつが見えた。

こたつの机の上はきれいにされている。

布団も染みなどなく、クリーニング……いや、違う、芽依は部屋の隅を見た。

そこにはこたつ布団が投げ捨てられていた。

その視線に気が付いた莉恵子がテーブルの上に袋を置きながら言う。

「もう面倒だから一年に一度、こたつの布団を買ってるの。そんで古いのは捨ててる。ね、清潔でしょ？　下も新品、ダニもなし！」

「その汚い布団を捨ててない時点で清潔じゃないよ！」

「芽依が来るって分かってたら、その布団は捨てたけどなあ」

「どこに？」

布団を捨てるのは簡単ではない。どこの自治体もコンビニなどで捨てるための券を買ったり、申し込んだりするのだ。芽依がいた所は、市役所のサイトで申し込みが必要だったが、トップページからリンクされてないので、探すのが一苦労だった。

片づけが苦手な莉恵子が、そう簡単に捨てられるはずがない。

莉恵子はツイと視線を外に動かして、

「倉庫に？」

と薄くほほ笑んだ。

部屋の外の庭を見ると、大きな倉庫が見えた。

芽依はあの倉庫の中を想像するだけで、背筋がゾクゾクした。

あの倉庫、ぜったいヤバい！

自分のことをきれい好きだとは思わないが、届いた段ボールは数日中に捨てる。

単純に邪魔だし、埃《ほこり》がたまってイヤな気持ちになる。

「ていうか、この段ボール、なにが入ってるのよ？」

芽依はこたつのすぐ横にあった未開封の段ボールを開く。

そこには洗剤が入っていた。駅前の薬局で売っている衣料用洗剤だ。

こんなのわざわざ通販で買わなくても、家を出たついでに買えば良いじゃないかと言うと、莉恵子はこたつにモゾモゾ入りながら口を尖らせた。

「打ち合わせに行く途中で洗剤買えないじゃん。基本的に会議か、会社でチェックで、本当に買い物に行けないのよねー。休日は九割寝てる。それでこんなことに？」

莉恵子はほい、乾杯しよ？　とさっき買ってきたビールを取り出した。

捨ててない古い布団の山は気になるけど、入ったこたつは温かくて気持ちがいい。

乾杯して飲んだビールは本当に美味しくて、膝から下が温かくて、じんわりと心が柔らかくなるのが分かった。

莉恵子はこたつの中から少し温まった布の塊を出してきた。

「ほい。半纏《はんてん》。これも先月買った新品だから大丈夫」

「足元になにかあると思ったら、半纏！　しかもこたつで少し温めて！　ていうか、めちゃくちゃ久しぶりに半纏とか見たんだけど」

「これがもう最高よ。帰ってきたらまずビール。そして少し温まった半纏を着て、またビール。あ、ビール用のタンブラーも買ったはず」

莉恵子はメールを確認して、段ボール横のラベルを見た。

そして器用に引き抜いて開封、そこからビール専用のタンブラーを出してきた。

「これだけ箱があるのに、どこになにがあるか、把握してるの?!」

「買った順番に積み上がってるからね。これ、Amazon のセンターと同じシステム導入してるの。Amazon のセンターってね、商品をカテゴリーで置いてないんだって。トラックで届いた順番に大きな箱にどんどん置いて行く。そして、どの棚に商品があるか、登録するの。カテゴリーで移動させて、商品を取りに行く……の二つの導線じゃなくて、ひとつだけの導線にしてるのよね。はー、Amazon 天才かな」

莉恵子は気持ち良さそうにウンチクを語るが……芽依は冷静になった。

「じゃあやっぱりここは Amazon のセンターじゃない」

「あ、そんな気がしてきた」

えへへと笑って莉恵子はビールをググググッと飲み、ぷはあああと言って、こたつの天板に顎を置いた。

芽依は天板に肘を置いて、莉恵子と視線を合わせる。

「あのね、莉恵子。私実家ないじゃん」

「無いねえ」

「離婚して消滅したじゃん？」

「待ってました！　みたいに消えたねえ」

「まさにその通りなのよねえ……」

芽依の両親は子どもの頃から芽依に興味がなかった。

幼稚園のお遊戯会、小学校の授業参観、両親が来てくれたことは一度もない。

三人で食事をとったことなど、両手で数えるほどしかない。

最初は三人揃《そろ》うと「うれしい！」と思っていたが、両親は直接会話せず、芽依にだけ話しかける状態に疲れてしまった。

まず母親が帰らなくなり、その後父親とふたりで暮らした。

暮らすといっても、朝起きたら机の上に千円置いてある……そんな状況だった。

芽依が十八歳になるのと同時に「待ってました」と言わんばかりに離婚。

実家という場所は消滅した。

「生活のめどがたつまで莉恵子の家にお邪魔しようと思ってたんだけど……」

莉恵子はガバッと身体を起こして叫ぶ。

「全然オッケーだよ、部屋なら超あまってるし‼」

莉恵子に、芽依はグイと顔を近づけた。

「ねえ、片づけて良い？　全部段ボールあけて、捨てて、正しい場所にそれを片づけて、この真横に積まれているよく分からない本の山も片づけて、なんだか知らないけど床に置いてあるパソコンも、部屋の隅の布団の山も、片づけて良いの？」

「うわーん、助かる、お願いしますー！」

「任せて。莉恵子は忙しいもんね。私がやっておく。拓司さんも何もしなくてね、洗濯物は部屋に放置、食べたお皿は片づけない、コートは出しっぱなし、ゴミは置きっぱなし、読んだ本も放置……もう全部してあげてたの」

「……いやいや。それはヤバいでしょ。洗濯してもらってて、食事作ってもらってて、それはヤバいでしょ」

「でも言ってもやらないし、私がやったほうが早いんだもん」

芽依が笑いながら言うと、莉恵子はサーッ……と青ざめてこたつの天板にゴンと頭をぶつけた。

「⁈　莉恵子、大丈夫」

「……全然大丈夫じゃないわ。ごめん」

＊

莉恵子は不甲斐《ふがい》なくて、天板に頭を打ち付けていた。

「芽依が掃除をしてくれるなら、ラッキー！」と一瞬思ったが、そんなの拓司と変わらないじゃないかと気が付いたのだ。

私も今、自分のやらないことを芽依に押し付けようとしていた。

はあ……情けない。大きくため息をついて顔をあげた。

「あのね、芽依。今、私、楽しいの」

「うん？　私も楽しいけど？」

「友達と一緒にダラダラこたつで話できて、お酒飲めて、超楽しい。私は芽依に家事をしてほしいんじゃなくて、一緒に楽しく住みたいんだよね」

「うん？　でも莉恵子は忙しいし……」

「今まではひとりで住んでたから自分勝手で良かったけど、芽依が一緒に住んでくれるなら、自分のことは自分でちゃんとする。というか、もうそろそろ片づけて、家も私も、ちゃんとしないとダメだって思ってた。分かってたけど、ずっと逃げてたの。自分の気持ちに蓋をしたくて逃げてきた。でも、ちゃんとする。だから掃除を全部しなくていい」

「ええ……？」

芽依は完全に戸惑っているのが分かる。

突然家にきたという負い目もあるし、やらなくて良いと言われても、境界線が分かりにくいのかも知れない。任せる部分を明確に出して、その対価を示す。分かりやすいサンプルワードはないだろうか。

ふむ……と一瞬考えて、閃《ひらめ》いた。

「じゃあ、この家をシェアハウスにするって考え方はどう？　私はオーナー。芽依は和室をレンタル。共有部分の掃除はお願いして、家賃は四万でどうだ」

「あ、それなら分かる。共有部分と部屋を借りるってことね」

悩んでいた芽依の表情が一気に明るくなった。

「一緒に暮らすなら、一番近くて、一番遠い他人になろうよ。私は芽依と一番の親友だけど、ちゃんと芽依の他人でいたい。芽依と末永く友達でいたいから、そうするの」

莉恵子は芽依にみかんを渡しながら言った。芽依はそれを受け取って、笑顔で頷《うなず》いた。

「うれしい。ちゃんとしてくれてありがとう。シェアハウス、共有部分の掃除を条件に月四万円で契約させて頂いてよろしいでしょうか？」

「もひほん！」

莉恵子はみかんを口に入れて、もぐもぐさせながら言った。

共有部分の掃除をお願いできて、家賃収入も入るなんて、正直最高にウマウマだ。

芽依は慰謝料の中からサララとお金を引っ張り出して莉恵子に渡してきた。

「じゃあとりあえず一年分、四十八万です」

「うひょお……こんなにうまい話があるのだろうか……Amazon で……」

「莉恵子」

「ZOZOTOWN で……」

「莉恵子」

「嘘《うそ》だよお。今日からよろしくお願いします」

莉恵子はそういって頭を下げた。家事をするのがイヤではない芽依だからこそ、ちゃんと線引きしないと、お願いしても大丈夫だと思ってしまう。親友だからこそ、そうしたくなかった。

芽依は小首を傾《かし》げて目を細めて莉恵子を見た。

「それで？　家に呼びたいけど、呼んだらダメで、家を汚い状態にすることで逃げている恋の話はいつ聞けますか？」

「ちょっと⁉　なにそれそんれあじうえれだれげ」

その言葉に莉恵子はみかんを喉に詰まらせそうになった。

「お家《うち》デートに私が邪魔になったらいつでも言ってね。一時退避しますから」

「どうしてそんなに鋭いの⁉ 良くないよ！」

「話してくれるの、楽しみにしてる〜。じゃあお風呂先に借りますね〜〜」

芽依は貸したタオルを持ってお風呂にトコトコと消えて行った。

莉恵子は開いた口がふさがらない。

今までの話の流れで、どこに恋の匂いがした⁉ 私、匂わせてないんだけど！

むしろちょっといい話してたと思うんだけど⁉

芽依は昔からカンが鋭くて、怖いのだ。

莉恵子は買ってきた日本酒をあけて、グイッと飲んだ。

＊

玄関と部屋に段ボールが溢《あふ》れかえっていたので、お風呂も危険なのでは……芽依は思ったが、むしろ何もなかった。でもシャンプーだけ七種類くらい並んでいて、何個の頭があるのよと苦笑した。

結婚していた時はお風呂はいつも最後で、疲れ果てて眠ってしまうことも多かった。

こんなにはやい時間にのんびり入れるのは久しぶりで、広い湯舟に手足を伸ばした。

しかし莉恵子は相変わらず、男関係がよく分からない。

莉恵子は昔っからモテた。目立って美人とか、可愛いとかじゃないんだけど、いつも誰かと一緒に笑ってて、なにより人の文句を言わないのだ。

攻撃性のなさと、無垢《むく》な明るさ、でも読書家で博識で、偉ぶらない。

だから高い頻度で告白されて、それなりに彼氏がいたんだけど、全く長続きしない。

初めて聞いて驚いたんだけど『自分の気持ちに蓋をしたくて逃げてきた』って……ひょっとして、ずっと好きだった人がいるのかしら。

あらまあ。私の知ってる人かなあ。あの子わりと秘密主義者だからなあ。

莉恵子に長く続く彼氏ができたら嬉しいし、なにより見てみたい。

お風呂から出てこたつの部屋に戻ると、莉恵子はもう日本酒を飲んでいた。

「うい〜〜。お風呂大丈夫だったでしょ？」

「きれいで驚いたわ」

「実は一年中シャワーしか使ってないの。だからあんまり汚れないのよね」

「あんなに広いお風呂があるのに、湯舟使ってないの？　どうりできれいだと思った」

本当に帰ってきて眠っているだけなのね。

お風呂に入ったほうが疲れが取れるのにとグチグチ言いたくなるけど、お風呂に入るのが面倒なくらい疲れる時もあるわと思いなおす。

ふう……すっきりしたし、もう一回ビールを飲もうとこたつに入ると、莉恵子は不思議そうな表情で芽依を見ていた。

「ねえ、それ……部屋着？　それで寝るの？」

「ああ。部屋着は置いてきたの、入らなかったし」

芽依は持ってきた中でも一番楽そうな服に着替えていた。

でも仕事に着て行っていた服で、部屋着ではない。

目についたボストンバッグはそれほど大きい物じゃなかったので、外着として着れそうなものをメインに持ってきた。

莉恵子はスマホをいじって、メール内容を確認。ふむふむ……と言いながら数個の段ボールを持って戻ってきた。そしてビリビリ開けると中から、部屋着が出てきた。

「たくさんあるから、着てよ」

「借りて良いの？」

「ていうか、あげる。正直この山からたくさん出てくると思う」

「私、最低限の服しか持ってきてないから助かるわ」

「え？　荷物それだけじゃないよね？　あとで送ってもらうんでしょ？」

「本音を言うと、たいした物がなかったの。最後の数年……自分のために何かをした覚えが、ほとんどないわ」

芽依は部屋着を頂くことにして、その場で着替えた。

ふわふわして気持ちが良くて、良い商品だと着ただけで分かる。

自分で稼いだお金は家計に入れていたし、月の服飾代は仕事着に使っていた。

だからパジャマは数年前に買ったものをずっと着ていた。別に誰に見られるわけじゃないから良いと思ってたけど、良い物は良い！

それに莉恵子が貸してくれたドライヤーで髪の毛を乾かしたら、信じられないほどはやく乾いて、サラサラになった。

「なんだか楽しくなってきたわ！」

芽依が言うと、莉恵子は目を輝かせて立ち上がった。

「ちょっとまってよ〜〜」

そして段ボールを数個持ってきて、ビリビリと開けた。

すると中から高そうなクリームがゴロゴロ出てきた。

「塗りまくろうぜい！」

「え。これすごく高いやつじゃない？　こんなにゴロゴロと……」

「会ってなかった時期のことは詳しく知らないけど、芽依はいつもがんばる人だって知ってるもん。疲れた顔して目の下にクマ作ってさ。芽依はすごくがんばった。すごくがんばったから、今日は高いクリームを塗ろう。今日はそういう日だ」

莉恵子は「ほい」と芽依の手にたっぷりとクリームを出した。

すっきりとしたゆずの香りが漂って、気持ちが良い。

そして塗りながら、泣きそうになっていた。

『がんばった』そう言われただけなのに。

そして気が付いた、ただ『がんばった』と一言、拓司に言ってほしかったのだ。芽依はあふれ出す気持ちをぽつぽつと語り始めた。

「私はさ、家でずっとひとりだったでしょ？　だから家に誰かが当たり前にいて、その人たちのために何かできることはぜんぜんイヤじゃなかったの」

「うん」

莉恵子は手にクリームを塗りながら静かに聞いてくれる。

「起きたら、横に好きな人がいて、朝からほほ笑んでくれるの。料理は好きだったし、拓司さんはお弁当を会社で自慢してくれてね、嬉しかった」

芽依はクリームを手に塗り込みながら話を続ける。

「大変になったのは介護が始まってから。お義父さんが骨折しちゃってね。足の痛みで毎朝三時に起きちゃうの。気を使って電気を付けないでトイレに行こうとするのよ。危ないでしょ？　心配になってすぐ隣のリビングで寝ることにしたの。最初は拓司さんも感謝してくれたけど、それは一か月くらいだったかなあ。夜は付き添いで、朝は準備、仕事をしてね、間を抜けて病院に顔を出し、送迎をして、仕事に戻ってね……」

語れば語るほど、これ以上どうすれば良かったのか分からない。

がんばっていた。

それは拓司さんのために。

拓司さんが好きで、必要だと思ってほしかったから。

頑張ったら大切にしてもらえるとおもったんだもん。

「……がんばったよねえ、私。家事も介護も、ぜんぶしてきたんだよ」

ぜんぶ伝えると、目から涙がこぼれおちた。

莉恵子は机の上にあったティッシュを箱ごとくれた。

「芽依はすごくがんばったよ。おつかれさま」

「がんばったよねえ。やれることとやったと思うんだけどなあ、私。あれ以上どーすりゃ良かったのかなあ」

なんだか苛立《いらだ》ってきた。

その言い方に莉恵子が爆笑して口を開く。

「やることして追い出されたなら、もう良いじゃん。もう一回さ、好きに生きようよ」

「……まだ間に合うかな」

「間に合うよ。別にすぐに働く必要もないし、働いても良い。芽依の好きにすればいい。私はそれを応援するよ。てか、泣かないでぇ……」

莉恵子もボロボロと泣き出して、チーンと鼻を嚙《か》んだ。

芽依と莉恵子はふたりで声をあげて泣いた。柔らかいティッシュを一箱空にするほど泣いた。泣いて泣いて泣き疲れた頃、莉恵子が袋から次の日本酒を出してきた。

「水分抜けた。次いこ」

「水分入れたら、また出てきちゃうかもよ？」

「次のティッシュもあるよ？」

莉恵子は奥の大きな段ボールをビリリと開けて、テュッシュを二箱出してきた。

芽依は泣きながら笑う。

「もう……ティッシュくらい私が駅前で買ってくるから……」

「よろしくお願いします」

莉恵子も泣きながら笑った。

芽依は机の上を占領するテュッシュの山に笑いながら、また泣いた。

がんばっても上手《うま》くいかないことの方が多い。だからって手を抜けない。

手を抜く自分が、どうしても許せない。

どうしたら良いのか、ぜんぜん分からないけど、こうして一緒に泣いてくれる友達がいるから、きっと明日も大丈夫だ。

莉恵子は鼻を噛んで、こたつの横にある小さな冷蔵庫からアイスを出してきた。

芽依は思わず叫ぶ。

「はあ?! そんな所に冷蔵庫が?!」

「だってこたつってのどかわくでしょ? 必須だよー。こたつでアイスは最高だよ。アイスをこたつで少し温めて上を食べてから……隙間に辛口の日本酒を入れる」

「ちょっと……何それ完璧じゃない。あ、私が買ったウイスキーも合うと思う」

「間違いないよ〜〜。ほい、無限に湧き出るコンビニスプーンをどうぞ」

莉恵子はこたつ横のダンボールからコンビニスプーンを取り出して渡してくれた。

そしてアイスにお酒をかけて食べてみると……お酒の濃さがアイスの甘さで中和されて、最高に美味しくて、じんわりした。

こんなゆっくりとして静かな夜は、久しぶりだった。

「明日片づけるから! 芽依はもう寝なよ」

と通された和室は物が溢れていたけど、隣の部屋から莉恵子が誰かと打ち合わせしている声が聞こえてきて、それが落ち着いた。

私、ひとりだけど、ひとりじゃない。

更けていく夜に目を閉じた。

第五話　中途半端な恋のような何か

次の日の朝。

莉恵子は芽依が出してくれたコーヒーを飲みながらうっとりしていた。

「むはぁ……朝から温かいコーヒーが飲めるなんて幸せ……」

「電気ポットもコーヒーも、全部この山から出てきたでしょ」

「やる気はあった……しかし時間が追い付いてなかった……ああ、トースターで焼いたパン美味しい」

「台所にあったじゃない！　新品だったわよ⁈」

「いつ買ったのかも覚えてない……さきイカ入れたら焦げて封印した気がする……あれこれはいつの記憶……？」

莉恵子は芽依がトースターで温めてくれたパンをもぐもぐと味わった。

横でコーヒーを飲んでいた芽依が決意するように顔をあげた。

「私ね、お義父さんのリハビリに付き合うために自宅近くの不動産屋さんで働いてたの。

でもうあの駅に行きたくないから今日行って辞めてくる。帰ってきたら、大掃除開始するからね」

「私なんの用事もないから、掃除を始めとくね。帰ってきたら一緒にしよ！」

「了解！」

話しながら簡単な食事を終えた。

莉恵子は芽依に鍵を……と棚をあさり、棚の奥からエコバッグのキーホルダーがくっついた鍵を出した。

「芽依、これ。家の鍵」

「ありがとう……って、なんでエコバッグがくっついてるの？」

「買い物行く時、使うでしょ？」

「はあ？　買い物に行ってないのに、ぜ〜んぶ通販なのに、どうして買い物行く時に楽って言葉が出てくるの？」

「その気はあるって証明できたでしょ」

てへ！　莉恵子は笑ってごまかしたが、芽依はエコバッグを外して鍵だけ取った。

「借りますね。オーナーよろしくおねがいします」

「こちらこそ、よろしくおねがいします。第二の実家じゃない？　気楽にすごしてよ」

「第二の実家が、こんなことになってるなんてね」

芽依は部屋を見渡して遠い目をした。

莉恵子は再び「てへ！」と笑ってごまかしたが、思いっきり芽依に指をお腹《なか》に差し込まれた。いたぁい、ひどぉい！

自転車の鍵も渡して、駅でいちばん停《と》めやすい駐輪場も場所もＬＩＮＥで送った。

芽依は、

「じゃあ辞める話してくるね。昼過ぎには帰る――！」

と自転車を運転して消えて行った。

さてと、掃除しよう！　莉恵子はとりあえず玄関の段ボールから着手した。

「なんていうか、洗剤ばっかり出てくるな」

玄関の段ボールを開けると、同じ衣類用洗剤が延々と出て来るのだ。

それを見てピンときた。Amazon定期便！　悪さをしているのはお前だな?!

さっそくスマホで確認すると、やはり定期便に入っていた。ものすごく忙しかった時に、洗剤が消えて、定期的に送ってくれるサービスに入ったのだ。

そして入ったことも忘れていて、たまに別のサイトで注文している。

LOHACO……洗剤を届けてくれてありがとう、Amazonと丸被りしてるよ。

なにも考えてない脳死状態で注文してる現状に頭が痛くなる。

こりゃあかん、と即定期便を停止。

そして先日届いた箱を開けると、デザインがマイナーチェンジしている。楽しくなって玄関に並べると、同じ洗剤なのに三回もデザインが変わっていた。こういうのを見ると逆に興味が出てしまう。なになに？　なんでデザインを変える必要があったの？

後ろの表記を見ると、ほんの少し入れているものが違った。はあ～～ん、ひとつでも変わったら変えないとダメなのね。大変だなあ～～。

洗剤をふたつ持ってこたつに入って後ろの表記を見比べながらアイスを食べた。

こたつの周りには、まだ壁のように段ボールがある。

アイスは美味しいが、先がながい。

でも定期便は止めたので、これで自動的にきれいになるはず。

ハッとして、他にも定期便にしているものがあるのではないか、と見てみたら、出てくる出てくる……ニベアのクリームに使い捨て手袋、大きなゴミ袋にティッシュ箱……。

違う、Amazon定期便が悪いのではない、毎回開けないのが悪いのだ。

苦笑しながらそれを止めた。

そして、周辺の段ボールを開けると、やはり同じような商品の海が広がり、こたつで倒れこんだ。

つかれた。

悪くなるもんじゃないし、とりえあず二階に移動させようと思った。

在庫があることを芽依に伝えて、上から優先的に使ってもらおう……そう決めて莉恵子は久しぶりに二階に上がった。


二階は二部屋あるのだが、一部屋は物置、一部屋は亡くなった父親の書斎がそのまま残っている。そこに莉恵子の本も置いているので、ちょっとした図書館のようだ。

久しぶりに換気しようと書斎の窓を開ける。冷たい空気が一気に入ってきて、椅子に座った。椅子も机も、小さなメモさえ、全部そのまま置いてある。

父親は働きながら小さな劇団で脚本を書いていた人で、色々な本がある。

写真集から詩集、純文学から、セーターの作り方まで。小さい頃から父親は色んな話をしてくれて、それは莉恵子の感性の源になっている。

正直、机の上のゴミひとつ捨てたくない。思い出と共に、このまま置いておきたい……父親の手書きのメモに指先で触れた。

机横の本棚には、映画のパンフレットがきれいに並べられている。

それを見て育ったので、映画を見るとパンフレットを必ず買う。

そしていつも通り……一冊のパンフレットを手に取った。

それは尊敬する映画監督、神代勇仁《かみしろゆうじ》が撮った映画のものだ。

神代は父親が作った小さな劇団に所属していた若い演出家だった。父親より莉恵子に年齢が近かった神代に子どもの頃、たくさん遊んでもらった。そして父親が亡くなった時は一緒に泣いてくれた。すぐに働きはじめた母親のかわりに映画館に連れて行ってくれたり、本を買ってくれたり……神代は良いお兄さんだった。

中学生の頃には恋心を確信してたけど、十も下の小娘が相手にされるはずがない……ただ結婚しないでほしいなあ……と見守っていた。

神代を追って映像業界に入ったが、まだ一緒に仕事はしていない。

たまに撮影所やロケ先で会ったりすると「お、莉恵子か〜〜〜！」と頭を撫《な》でてくれる距離感が嬉しくて、仕事も恋も始められないままだ。

それに莉恵子は『仕事相手とは絶対に恋をしない』と決めている。

仕事は、意見を戦わせたほうが良いものができることが多い。

相手を強烈に論破したり、逆に嘘でも褒めたりする。それは考え方のものすごく深くに入りこむ行為で、その行為をしたあとに、はい恋人の空気になりましょう〜というのは無理なのだ。これは一度若かった頃に現場で恋愛したからこそ言える。

絶対に無理。

神代とは仕事をしたい。

私だって一人前になったのだと見せつけてから……それから……それから……？

昨日芽依が言った言葉を思い出す。

『家に呼びたいけど、呼んだらダメで、家を汚い状態にすることで逃げている恋の話はいつ聞けますか？』

「鋭すぎる……」

椅子に座ったまま呟《つぶや》いた。

別に子どもの頃から片時も忘れずに神代を好きだったわけではない。普通の彼氏ができて、恋愛もした。結婚だって考えた人もいる。

それでも心のどこか……イヤなことがあるたびに神代と比べた。

結局ずっと、心の中に何年も住み着いているのだ。

神代は父親を尊敬していたので、たまに会うと「ご自宅にある書庫に借りたい本があるんだよ。お邪魔してもいい？」と聞いて来る。

そのたびに「家が超汚くて」と言って逃げてきた。

でも家がきれいになったら、言い訳は……友達と同居してるからにしよ～っと。

……それで何か解決するのだろうか。

もうこの心が恋なのか尊敬なのかさえ、分からない。

ただ、神代が他の女と結婚したら……とか考えると胸がぐずぐずと痛む。

頭の中がグルグルしてきてパンフレットを机に戻した。

それに、好きだと伝えたら、知り合いの父親の娘で、ずっと可愛がってもらってて、仕事も同じような所にいて、普通の女の子よりは近いという中途半端だけど、気に入っている距離感がぶち壊れて、恋愛関係という単純な言葉になってしまう。

私と神代さんは、そんなんじゃないもん。ちがうもん。

「あー……もうヤダヤダ、もうこのままでいいよ。仕事仕事。やっぱ現状維持最高。いらんいらん、なにもいらん……」

莉恵子は回転椅子でくるくる回って、そのまま床に倒れこんだ。

第六話　もう後悔はないと顔をあげて

二日前まで普通に生活していた町なのに、もう駅の名前を見るだけで気が重い。

芽依は「はあ……」とため息をついた。

朝、莉恵子の家を出て、またこの駅に戻ってきた。

四年間暮らしてきた町。実家が消滅した芽依は、結婚してできた『自分の帰る家』がうれしかった。その町にこんな気持ちで戻ってくるなんて考えてもいなかった。

もっと助けをもとめるべきだったと頭では理解してるけど、それはできなかった。

昔からそうだ。いい顔して、自分さえ頑張っていれば、それで世界が笑顔で回るなら、それでよいと思っている。

でも結局手は二本しかないし、時間は平等に二十四時間だ。何かをしていたら、何かが消えていく。私は外に良い顔をして、拓司さんと愛し合う時間を失った。

駅から出ると、いつも買い物をしていたスーパーが目に入った。

月曜日はお魚の日、火曜日はお肉の日……すべての特売を覚えている。

小学生の時から料理をしてきたので、まったく苦じゃなくて、要望されるままに作って仕事を増やしてしまった。

でも今頼まれても、引き受けてしまうと思う。料理はむしろ好きなのだ。

会社に向かって歩いていると、スマホにポンと通知が入った。見ると働いていた不動産会社の社長だった。

『来ないほうがよさそう。駅の裏にある喫茶店集合。荷物はあとで発送する』

「ええ……？」

なんだろう？　芽依はくるりと踵《きびす》を返《かえ》して駅の向こうへ向かった。

コーヒーを飲んで待っていたら、三十分後に社長ではなく、部署の後輩……南原《なんばら》が来た。周りを見渡して、誰かにつけられてないか確認しているように見える。

南原は芽依を見つけると「すいません、おくれました」と言って席についた。そしてアイスコーヒーを注文して、目を輝かせて話し始めた。

「お店に旦那さんが来てるんですよ。雨宮さんが出勤してくるのを待つって！　もう石みたいに動かないんです」

「ええ……？」

あんな風に追い出して今更何の用なんだろう。

離婚に同意した瞬間の笑顔が浮かんで少し冷めたコーヒーを飲み干した。

思い出すだけで、ここから逃げ出したくなる。

でも石のように動かないって。働いていた店は不動産会社で、お客さんを迎えて物件を紹介する場所なのに、悪すぎる。

「お店にも迷惑だし、こっちに来てもらえるかな。辞める書類はこれ？　今から書くね」

「大丈夫ですか？　なんか超不機嫌で、社長がこっちでなんとかするって言ってますけど」

「いやもう、そんなの悪すぎるよ……」

簿記の資格を持っていた芽依は、家から近くて融通がきく職場を探した。

家の事情で休むことも多かった芽依を「いる時に他の社員の百倍仕事してくれるか

ら」と置いてくれたのは社長だった。

電話で「辞めます」と伝えることもできたけど、やっぱり顔を合わせて言いたかったから来たのに、まさか拓司が迷惑をかけていると思わなかった。

芽依が言うと南原は戸惑いながら社長に連絡を入れた。そしてコーヒーを飲んでため息をついた。

「正直雨宮さんいなくなるの、ヤバイですよ。営業たちが雑に出してきてる領収書、よくあれで通してましたね。私無理なんですけど」

「毎月見てたらパターンは読めるじゃない。だから仮払い請求書に清書してただけ。それに良くするとお土産を買ってきてくれるし」

「あー、雨宮さんがしてあげてたから、あのお土産だったのかー、もうないのかー、そうだったのかー、生八つ橋ないのかー」

南原はコーヒーのおまけについていた豆をバリバリ食べながら嘆いた。

営業さんたちも頑張り屋さんが多くて、芽依はこの会社が好きだった。

次の仕事どうしようかな……。

コーヒーを飲み終えて入り口の方を見ると、見慣れた顔……拓司が来ていた。

それに気が付いた南原は、荷物を摑《つか》んでサッと立ち上がった。

「んじゃ書類受け取ります。社長も店の下まで来てるみたいなんで、近くのファミレスにいますね」

「ごめんね、ありがとう」

「大丈夫です。健闘を祈ります」

南原が言い終わるより早く、拓司が席に来た。

そして立ったまま芽依を見下ろして口を開く。

「芽依、お前。親父《おやじ》の保険証どこにやったんだ」

「え？」

最初に言われる言葉がそれなのか。芽依は「はあ？」と思いながら普通に答える。

「保険証は、リビングの棚の中よ。いつも同じ場所」

「どこの棚だ」

拓司は貧乏ゆすりをしながらスマホに触り、イライラしながら言う。

きっと家でお義母さんが待機しているのだろう。

「どこって……貴重品が全部入ってる棚よ。玄関入って右側に行って、テレビがある横のガラス棚」

「なんでそんなわかりにくい場所なんだ」

「そこに入れるように言ったのは拓司さんじゃない。私が信用できないから暗証番号も月に一度変えるって鍵までつけて」

「その番号を教えろ」

ええ？　自分で設定したのに忘れているのか。芽依は心の中がスンと静まっていくのがわかった。

「あの、そこの番号、お義母さんの誕生日ですよ」

思わず敬語になってしまう。当然『バカにしている敬語』だ。

拓司は乱暴にスマホを机に置いた。カチャンと高い音が響く。

「何なんだ、早く教えろ。親父がリハビリ行けなくて困ってるんだよ」

「月頭じゃないし、リハビリに保険証要らないと思うんですけど」

「要るんだよ！」

家にいた時と同じように、大きな声で世界を押し付けるように怒鳴る。

周りにいた客が一斉にふたりを見るのがわかった。

でも芽依はあの頃のようにびくりとしなかった。

予想をはるかにこえて、拓司が残念だったと気が付き始めたからだ。

心の中に冷たい水が広がって、どんどん冷静になっていくのが分かる。

この人、本当に家のことを一ミリも知らないのね。

そりゃそうだ、お義父さんが怪我してから逃げ回ってばかり。

何もしてないものね。それこそ介護福祉士さんには一度も会ったことがない。

何を持って行けばよいのかさえ、まったくわからないはず。

そうなるとお義父さんは被害者かもしれない……ケアマネさんに連絡を取って、状況説明はしよう。リハビリを続けた結果、かなり歩けるようになってきたんだもん。

頭を抱えて髪の毛をグシャグシャといじっていた拓司は、クッと顔をあげた。

「わかった、芽依‼ お前を家政婦として雇う！！！」

拓司は名案だ！ といった表情で言った。

「ぶっは……！」

「ちょっと社長、見てるのバレますって‼」

ふき出す声がして探すと、入り口近くの席で社長と南原が見ていた。

通路挟んで横の席のカップルも我慢できずに笑っているし、通路にいるウエイトレスさんもお盆で顔を隠している。

なんだかこんな所を見られて恥ずかしくなる気持ちと同時に「ね？ だから離婚になったんです」という気持ちが襲ってくる。

とにかくお店に迷惑なので、これ以上大きな声で叫ばれるのは困る。

芽依はケアマネさんのＬＩＮＥを拓司に送った。

「お義父さんのことはこの方に聞けばわかります。細かいものがある場所はお義父さん本人に聞いてください」

「鍵の暗証番号は？」

「だからお義母さんのお誕生日ですよ」

「おい芽依！」

拓司が叫ぶが、芽依はもうひるまない。

まっすぐに拓司を見て口を開いた。

「わからないなら、あなたが何もかも頼っているお義母さんに聞いてください。拓司さんの名前でお誕生日に毎年プレゼントを贈っていたのは私だとバレますけど、それでも保険証が必要なら、聞いてください」

「っ……！」

拓司が黙るのと、入り口付近にいるふたりが拍手して笑うのは同時だった。

意地悪なことをしていると自覚している。

それでもこの程度では許せないほど、芽依の心の傷は深かった。

でももう、振り向かないし、この人のために泣いたりしない。

＊

莉恵子は片づけを諦めて玄関で転がっていた。

だってどの段ボールを開けても同じような生活用品しか出てこないのだ。「お、こんなの買ってたのか～」みたいな意外性がまるでない。もう飽きた、つまらない。

転がっていたら頭上の玄関が開いて芽依の叫び声が響いた。

「玄関でなにやってるのよ！」

「おかえりー！　えへへ、わりと段ボール開けたでしょ」

「それはすごい偉いと思う。でもちょっとまって、これ同じ洗剤よね?!」

芽依は玄関に無限に並ぶ洗剤を見て絶句している。

莉恵子はこれを二階に運ぼうと思っていた。やる気に満ちていた。でもいつの間にか書庫で本を読んでしまい、結果企画を思いついて書いてたら、もう芽依が帰ってきた。だから二階に運ぶことができなかったのだ。仕方ない。アイデアは書かないとすぐに消えちゃうから仕方ないね。こういう時は成果をアピールするに限る。

「Amazon 定期便に入ってたの。もう解除したから大丈夫。見てみてー！　ニベアの缶、タワーができるよ、ご覧ください、こちらがニベアタワーです」

「ニベアって、そんな簡単に減らないでしょう。どうして定期便なんかにしたのよ」

芽依は玄関にこしかけて靴を脱ぎながら言った。

莉恵子はチョイチョイとサイトを開いて見せる。

「ニベアを顔にたっぷり塗ってお風呂に入って、髪の毛洗ったあとに一緒に流すの。そうするとすんごくツルツルになるの」

「何それ、ほんと？」

「これが良いの！　それにハマった時期に買ったんだと思う。そして発掘しました、アルビオンのフローラドリップ。やっぱり買ってた。これ最高なの」

「化粧品ぜんぜん詳しくないけど、高そう」

「基礎化粧品は値段より良い仕事をするなら、高くても買い。これはお値段以上だよ。仕上げはトランシーノ美容液。なんだか知らないけど三本も出てきた、もう今日から使いまくろう!!　期限も何個かヤバいし」

莉恵子は化粧品が好きで、一番買ってしまうのが化粧水と美容液だ。顔が八個くらいあったら全部試すのにと思っていたので、芽依と使えるなら最高だ。

芽依は苦笑しながら小さな箱を渡してくれた。

「使うの楽しみ。はい手土産のパンとプリンとスープストックトーキョー！　どうせなにも食べてないでしょ」

「お腹すいてたの――――！」

はいはい、と芽依は笑いながら和室に入り、すぐに振り向いた。

「すごい。私物全部出したのね」

「まあなんていうか、こっちの部屋に投げ込んだだけ？」

莉恵子はこたつの部屋を親指でクイとさして見せた。

芽依は何か言いたげに口を開いたけど、ふう……と息を吐いて、

「来週以降、のんびりやりましょ。まずは台所を使える状態にするからね」

「あー、シンクにも本がはさまってると思う。それは二階に持って行こうかな」

和室に入ろうとしていた芽依がまたガラッと引き戸を開けて戻ってきた。

「え？　シンクに本?!」

「台所を中途半端に使うと掃除が必要になってイヤだから、完全に封印するために、むしろ本をいれてたの。何か洗うときは洗面所でしてた」

「はあ……ある意味、徹底してたのね」

「虫とか匂いとか、無理だもん！」

芽依は、たしかに排水溝は毎日使わないと匂うかもねえ……と再び和室に戻り、部屋着に着替えて戻ってきた。

「さて。コーヒーいれよ。さっきね、拓司さんに『月給六万円でお前を雇う』ってスカウトされたわ」

莉恵子は、洗剤を二階に持って行こうと両手に持って歩き始めていたが、あまりの言葉に戻ってきてしまった。

「はあ?!　バカにされすぎでしょ！」

「ほんとにね。違うのよ、言い訳させて。結婚した時はあんな人じゃなかった。みんなどうしてダメな男と結婚するんだろって思ってた。でも結婚したら変わるのね。そういう人もいるのね」

「うーん……そうだよねえ。何回か会った感じ、そこまでヤバそうな人じゃないと思ったもん」

「そうよ、結婚前と結婚してから一年は優しかったわ」

芽依はため息をついてこたつ部屋に入って絶叫した。

「二倍汚くなってるじゃない！」

「そりゃ和室から持ってきたからね」

「もう……ちょっと片づけるまでパンもプリンも禁止！」

「え〜お腹すいたよ〜お昼食べてないもん〜〜スープさめちゃうよ〜」

「じゃあ、食べたらするのね？」

「するー！」

そして、こたつでダラダラしながら芽依の話を聞いた。拓司は本当に芽依の扱いが酷《ひど》くて、こうして離婚してきてくれたことに安心するレベルだ。「むかついたら甘い物」と世界のルールで決まっているので、プリンを食べてぐっすり昼寝した。

気がついたら外は真っ暗……夜だった。あら、またやっちゃった。

芽依は「やっぱりこのこたつ、危険よ！」と叫んでいたけれど、こたつは気持ちがいいから仕方ないと思うの。

それに休みの日は休む日なの。今日の掃除は玄関が見えただけで百億点だと思うの。キチキチするとしんどいからね。

＊

寝てしまった！　芽依は目覚めて絶望した。

莉恵子を甘やかして良いことがない。

そういえば高校の時も「次はぜったい自分でするからぁ」と泣きつかれて家庭科の提出素材を手伝ったけど、結局三年間一度もやらなかった。

あの落ち込んだ顔と、喜んだ時の笑顔に騙《だま》されてしまうけど、ダメだわ！

そして何より恐ろしいのが、あのこたつよ。

温かいし、気持ちがいいし、喉が渇いたらアイスが出てくるし、充電ケーブルが伸びてきてるから延々とダラダラできてしまう。

もう夜以外入るのはやめようと芽依は固く誓った。

夜十一時になったので、和室のほうに移動して部屋を簡単に片づける。

莉恵子は仕事を思い出したようで、お酒を飲んだ後だけど仕事を開始していた。

そして明日は七時に出て、帰りはわかんない！　ご飯とか全く気にしなくて良いから！　と言われた。

自分の得意分野を「しなくてよい」と言われると、存在価値が消えた気がして心のなかがスウスウする。

でも。私は家政婦じゃない。私はちゃんと自分の生活を、再建する。

布団のなかで強く思った。

そして明日は共有部分の掃除……特に台所を必ず発掘しようと心に決めた。

莉恵子は何か食事を作っておいたら、気を使って食べてくれる人だと思う。

それがたとえ、お腹がいっぱいの時でも。

だから変に作り置きはしないほうが良さそうね。煮ものとか置いておいて、あまってたら次の日私が食べるようにしようかしら。好きに食べても良い棚とか作ればいいのかしらね。

考えながらウトウトし始めていたら、スマホがひかり、ＬＩＮＥが入った。

それは雨宮家にいる中学生の娘……結桜のママ友だった。

お義姉さんは、莉恵子と同じくらい仕事をしている人で、離婚して戻ってきた。

戻ってからは本当に仕事ひとすじで、学校関係の行事はすべて芽依に任されていた。

小学校の保護者会、プリントの提出、確認、卒業式さえ芽依が行った。

だから結桜のことが気になり、近所に住むママ友にLINEしておいたのだ。

『離婚おつ。いやあ〜〜〜、ヤバいよ、雨宮家。玄関の真ん前にゴミ出しっぱなしにして、カラスに襲撃されてた(笑)』

『ちょっと……ちゃんとボックスにいれてないわけ?』

『カラスがたかってて、ホラーハウスみたいになってたよ。いやあ、ヤバいっしょ』

芽依はきたLINEを見てため息をついた。

このママ友は情報を集めるのが好きな人だ。まあ自分の話も流されてしまうけど、事実なので仕方ないかと思うほど情報が早い。

『お義母さんがやってるんじゃないの? 家事』

『ゴミ出しはスーツ姿でキリキリ歩く人がやってたよ』

『お義姉さんだわ。お義母さんはお義父さんの面倒みてるっぽい?』

『介護の車を見るようになったけど、わかんないや。あと、結桜ちゃんねー、つらそうだよー、佐都子《さとこ》に聞いたら学校無断で休んでるって』

ええ……?

そのLINEを見て芽依は身体を起こした。

学校では優等生として通っているはずの結桜が無断欠席などありえない。

ママ友にお礼を言って、ＬＩＮＥを終わらせて……結桜のＬＩＮＥ画面を見る。

やり取りを見直すと、当時は「もう文句ばっかり！」と思っていたけど、今見るとやっぱり甘えてきている。

いつも『何時に帰ってくるの？』とか『結局明日の大会は見に来るわけ?!』とか。

正直……完全に昔の自分を重ねていると思う。

親がこないなら、せめて私だけでも……そう思って見まもってきた。

小学校高学年という転校したくない時期にこっちにきて、一時期は荒れていた。

私が学校に行くようになり、ママ友ができて、そのママ友の子どもと仲良くなることで学校に行き始めたのだ。

卒業式で見たうれしそうに友達と写真を撮る笑顔が忘れられない。

やっと学校に行けるようになったのに、大人の都合で振り回して申し訳ない。

拓司とあの一家には関わりたくない。

そう決めたけど、結桜は振り回されてるだけの被害者だ。

芽依は結桜の画面をずっと見て、ブロックを解除しようか悩んだ。

でも解除して何を送るの？　もう私はなにもできないのに。

わからなくて、でも辛《つら》くて、スマホを抱きかかえてそのまま眠った。

第二章　湯豆腐とチーズフォンデュ

第一話　前に進むしか選択肢がない

次の日、莉恵子が出社すると、デザイナーの小野寺が不安そうに来た。

「おはようございます。紅音さんにパクられたって、どういうことなんですか？」

一応ことの顛末はすべてレポートにして昨日の深夜にアップしたけど、到底納得できることではない。それに紅音と小野寺は同じデザイナーで、仲も良かった。

とりあえず対応策として、社内サーバーのパスワードはすべて変更、企画に関わった人たちへの説明、企画書の扱いについて文書を出すなど、現時点で対応できそうなことはすべてしてみた。

でもそんなの『とりあえず対応しました』程度のことだ。

大きなプレゼンに出す時は、アイデアを映像にしてクライアントに出す。

その場合、機密を守れる社内だけで回すのは不可能だ。

外の撮影会社に企画書を持って行くし、俳優さんを使うなら事務所に渡す。

「あの会社がこんな企画してるよ」と話すのは日常茶飯事だし、それをパクるか、パクらないかは、もはやマナーに近い。

だからやれることはするけど、同じことをされても気がつけるとは思えない。

「正直、確信犯だと思う。理由は分からない。でも明確にこちらを潰しに来てた」

「なんで……紅音さん、そんなことしなくても戦える人なのに」

小野寺は悲しそうにうつむいた。

みんなそう思っているし、莉恵子もそうだ。

でも、考えても答えが出るわけじゃないし、なにより通った企画をなんとか形にしないといけない。

「とりあえず、勝ったんだし、がんばろうよ。ごめんね。小野寺ちゃんの出したアイデア、何個かくっ付けちゃった」

「それは全然大丈夫です。というか、さすが莉恵子さん、よくなんとかしましたね」

気を取り直した小野寺は、莉恵子がでっちあげた蘭上用の企画を見て絶句していた。

莉恵子も今改めて見ると、本当によくなんとかなったな！　としか思えない。

正直どこが蘭上に即決させるほどインパクトがあったのか分からなかった。

「明日の夜、蘭上さんとご飯に行くから聞いてみるね。指摘されなかったけど、最初背景が宇宙なんだよね。それなのに中盤普通の家になってて、最後なんて廃墟《はいきょ》だよ」

三つくらいの企画をあの場で混ぜたので、よく見るとグチャグチャなのだ。

とりあえず蘭上に確認して、一番良いと思ったところを伸ばして使い、整頓してコンテを書き直す必要がある。

「小野寺ちゃん、イメージボードお願いできる？　明後日《あさって》には明確なプラン出せると思うんだけど。期間は二週間。音楽はこれ」

「やります。もうこうなったら、私、がんばります」

「うお――ん、ごめんね、最初からこんな重たい仕事で」

「大丈夫です。さっそく作業に入ります。明日持って行けると提案しやすいですよね」

「助かります！」

小野寺はガッツポーズをして作業部屋に戻って行った。小野寺は去年入った新人なのだが、入社前から「この子はすごい」と評判になっていた。

大学時代に色んなコンペで優勝している実力者。どうしてこんなすごい子がウチに……？　と思ったら、学生時代に関わった大手企業が相当ひどかったらしい。

好きにやらせてくれそうなうちの会社を気に入ったと聞いて「弱小会社で良かった」と思ったくらいだ。

こんなことに巻き込んじゃって悪いけど……小野寺がいてくれて助かった。

莉恵子は「ふー」とため息をついた。

そしてメールボックスを開くと百五十通以上が一斉に入ってくる。土日を挟むとメールが爆発する。これを処理するだけで月曜の午前中は消えるからつらい。

一応重要マークは付けてるので、優先トレイに入るけど……それでも八十以上。ああもう朝から帰りたい。

その中の一通に目がとまった。

神代が女性アイドルグループの映像担当になり、企画を動かすというものだった。

グループには総勢六十人ほど所属していて、デビューに合わせて二十社以上の関連企業のプロモーション映像、そして短編映画を作るのだと書いてあった。

「え……やりたい……この仕事」

莉恵子はメール画面にくぎ付けになった。

関連企業も色々あって、それにアイドルを割り振るのも楽しそうだ。

そして同時に思う。神代さん、こんな売れ線の仕事とかするんだ……。

硬派な映画を撮ってきていたので、派手な仕事をするのは初めてな気がする。

でもこのメンバーなら年齢に幅もあるし企画としては作りやすい。なによりここのプロダクションお金持ってるからなあ……これがあたったら、次に好きに撮らせてもらえる約束したのかな。プロデューサーとして一瞬で先を読みまくるけど、頭の片隅で「神代さんが！　女の子に囲まれて仕事を！」と思ってしまう。

でもそれをなんとか消す。

新作が見られるなら、それで嬉しい。それは本音だ。

スケジュール欄を見ると企画を出すのは来月。今月は蘭上のコンテアップでスケジュール調整……TPAPAさんの企画出し直しか。このスケジュールなら出せるのでは……。

「もうこれ以上は無理ですよ」

莉恵子が夢中になってメールを見ていたら、後ろから葛西が来た。

「あ、おはようー」

「莉恵子さん、これ以上仕事ができると思わないでください」

「えー、うーん……神代さんの仕事、やりたいなあ」

「TPAPAさんの企画会議始まりますよ」

「う〜〜ん、どうしよう。会議室だと何か出る気がしない。この前駅向こうに新しいパン屋ができたって聞いたから、そこに買い出しがてらみんなで行って話さない？」

「パン食べて終わりになりますよね。俺が買ってくるので、はい会議いきましょう！」

「うおーん……」

莉恵子は葛西に押されて、会議室に向かった。

正直会議室で「うーんうーん」とうなっても、たいしたアイデアが出てこないのだ。

みんなそれぞれの場所でアイデアを出してきて、それがキュッとこう良い感じにまとまる瞬間があって、それは会議室じゃないことのが多いんだけど、会社はすぐにみんなを会議室に集める。そして何もなくて日が暮れる、うおーん。

「私のことが、一番わかる場所で食事がしたい？」

アイデアが出なくて空気が停滞した会議室。

莉恵子は蘭上からきたＬＩＮＥを見て首を傾げた。なんだそれは。

明日食事する店を聞いていたのだが、妙なことを言い出した。

前の打ち合わせの時も思ったけど、ひな鳥にピヨピヨ懐かれた感がすごいのだ。

ＬＩＮＥの内容も仕事相手ではなく、友達に送ってくるようなものだ。

ご飯食べた、とか。打ち合わせが暇、とか。きれいな花が咲いてた、とか。

莉恵子は立場上、毎日ＬＩＮＥも数百くる。

それは全部目を通して、なるべく即日返す。返信を待ってる人がいるからだ。

了解、見ました、それでＯＫ、お願いします。短文でも良いので必ず返す。それは莉恵子に対して何かした人への最低限のマナーだと思っている。

だから短文で返信はしていたけど……私のことが一番わかる場所……？

「それでいいなら、お母さんがしてる店でしょ」

莉恵子はＬＩＮＥを立ち上げて、お母さんに連絡した。

最上階のこたつ個室が空いているか聞くと『ＯＫだよ～』との返信がきた。

芽依と暮らし始めた話もしたいし、ちょうど良いと思った。

それにあの店なら裏口からこっそり入れば良いので、プライバシーも完全に守れる。

有名アーティストや顔が売れている人たちと食事をできる場所は限られていて、そのほとんどが超高級店だ。別に美味しいから良いけど、食欲がないとか聞いていたので、悩んでいた。すぐに蘭上にLINEを送る。

『じゃあ、うちの親が居酒屋を経営してるので、そこでこたつに入って鍋でも食べましょうか』

即既読になって『今までこたつに入ったことがない。楽しみ』と返ってきた。

同時にネコのスタンプが『楽しみで寝れない〜』と踊る。かわいい。

感覚は古くなるのは一瞬で、常に新しいものに触れていないとすぐにダメになる。

だから若い人たちが良いというものは見たり、聞いたりするようにしている。

その中でも蘭上の歌は言葉のチョイスが独自で、大人にも通じる淋しさや苦しみを上手に書いている。ネット発の歌い手は消えやすいけど、蘭上は長く残るのではないかと莉恵子はプロデューサーとして冷静に見ている。

しかし……、莉恵子はLINEを落として顔をあげた。

「こたつは本当に絶滅してるねえ」

「漫画で見たことあるだけで、入ったことないです」

会議室で会議に参加しながらボードを書いていた小野寺が言う。

やっぱりそういうものか。

「俺の家、田舎でくそ広かったんだけどさあ、掘りごたつだったよ」

年配の演出家の沼田《ぬまた》が言う。莉恵子は目を輝かす。

「掘りごたつってあれですよね。足元に穴が空いてるんですよね」

「そうそう。昔はあそこで味噌《みそ》発酵させたり、納豆作ったりしてたんだよ」

「ああ〜〜〜、すごく憧れます。うちも床に穴空けて掘りごたつにしちゃおうかな」

「ひとつ言うと、めちゃくちゃゴミ溜《た》まるよ。掃除がすげぇ大変そうだった。そんで母さんが埋めちゃった」

「莉恵子さん、絶対無理じゃないですか。パンでーす！」

話を途中から聞いていたのか、葛西がパンを両手に持って帰ってきた。

ふんわりと甘い香りがして、みんな「うおおおお待ってましたああ」とパンの袋に飛びつく。なんか頭の中でまとまりそうで、小野寺のところに行く。

「こたつむりって、どうかな」

「こたつの虫ってことですか？　それはこたつが移動するってことです？　どこで？　家からですか？」

小野寺はすぐに反応をしめして、サラサラとこたつの絵を描いた。

それを聞いていた沼田がパンを食べながら近づいてきた。

「こたつちゃんとかどう？　女の子なんだよ。背中に電源がついてて、抱きしめられると暖かい女の子」

「心臓部分がヒーターとか、どうです？」

小野寺はこたつ布団風の服を着ている女の子をサラサラと書きながら言う。

「でも直にさわったら、やけどしちゃうんです」

「小野寺ちゃんそういうの好きだねー」

そして他のスタッフも集まって、街をこたつむりが移動するほうがいいとか、こたつの中にだけ世界があるとか、パンを食べながら色々話した。

結局企画力なんて雑談力だ。どれだけ下らない話に興味を持って顔をつっこんでいくかにある。蘭上の企画で出た長いスプーンで離れて食事をするのも、本当にそういう挑戦をギネスで見つけて、会議中に実践したのが始まりなのだ。

話が盛り上がってきたので莉恵子は離れた場所に座り、パンの袋を開く。

はあ〜〜良い香り。食べようとすると葛西が目の前にコーヒーを置いてくれた。

「いつものです」

「ありがとうー！　LINEしたけど、蘭上とのご飯はうちの店にしたわ。明日は撮影の打ち合わせだったよね、そのまま行こう」

「了解しました。撮影さんには蘭上さんの企画が通った話してます。内容も流しておいたので、実際のロケ地の話から入れると思います」

「助かる～。今小野寺ちゃんが簡単なボード書いてくれてるから、明日それも出して持って行こう」

「見てください、莉恵子さん。書けました！」

「ぎゃははは！」

沼田が爆笑する向こうに、小野寺の絵が見えた。

それは女の子の心臓が大きく展開して、人を喰おうとしているホラーな絵だった。

莉恵子は普通につっこむ。

「ＴＰＡＰＡさんの企画だよね？」

「小野寺ちゃんが勝手に書いたんだよー！」

「血管ってエッチに書くの難しいんですよねえ。リアルにエッチでホラー!!」

「小野寺ちゃん？　ＴＰＡＰＡさんよ？　リアルなホラーは書かなくていいよ？」

沼田と小野寺は楽しくなって、大きな紙にグチャグチャと絵を描き続ける。

「こたつ魚……こたつ魚を引き裂くＴＰＡＰＡさんとかどうですか?!」

「普通の刺身の盛り合わせですよね」

葛西はパンをもぐもぐ食べながら冷静に言った。

莉恵子と小野寺と沼田は一斉に振り向いて「それな」と頷いた。

莉恵子チームは終始こんな感じで、この仲の良さが企画力を上げている。

次の日。撮影の打ち合わせを終えて、葛西と実家の居酒屋に向かう。

電車の中で蘭上のプロフィールを確認するが、情報があまりに少ない。

「何食べるか全然分からない。とりあえず実家なら何でもあるから大丈夫かな」

「俺も好物を調べたんですけど……イチゴパフェって出てきました」

「どこの少女漫画家?! それ絶対社長が適当に考えたんだよ」

莉恵子と葛西は話しながら電車の中で検索を続けた。

実家の居酒屋なら、家に帰るみたいなものなので、気が楽だ。

打ち合わせは二時間程度で終わるので、芽依に「もし来られたらきてよ」とLINEした。すぐに既読になって『お母さんに挨拶したい!』と返ってきた。明日も早いけど少しくらい一緒に飲みたいなあ。そのあと一緒に帰って、こたつでダラダラしよう。

仕事のあとに友達と会える確証……それが約束じゃなくて日常だというのが気楽だ。

莉恵子は忙しくて約束しても行けないことが多いけど、家に一緒に帰るなら間違いない。しかしあの家、本当になんとかしないと。

いっそ業者でも呼んで一気に片づけようかと思ったけど、あの部屋に他人を……無理。

考え込む莉恵子のスマホにポンとLINEが入った。蘭上だ。

『裏口に行ったら、もう入れてくれました。やせ細った俺を見てお母さんが甘酒を出してくれました』

「ぎゃははは！　もう甘酒飲まされてる」

「あ、伝説の栄養ドリンク。いいですね、俺も飲みたいです」

「じゃあＬＩＮＥしとく。ああ、面白い。そうだわ、お母さん蘭上さん見たら我慢できないわ」

「莉恵子さんのお母さんって、不健康そうな人が大好きですよね」

「その言い方！」

莉恵子が『葛西も甘酒飲みたいって』とお母さんにＬＩＮＥすると、超大きなボトルを写メって送ってきた。これは帰りに持たされるヤツ！

写真の後ろ、小さくなってる蘭上が甘酒飲んでいるのが映り込んでいて葛西と笑った。

第二話　実家

莉恵子のお母さんが経営しているお店は、自宅がある公園側ではなく、駅の反対側、東口にある。

東口には大きな商店街があり、そこを中心に町がひろがっている。大きなデパートがあって、その裏側には小さな個人経営のお店がたくさんあり、莉恵子のお母さんが働く店はそこにあった。

昼は鶏肉《とりにく》を使ったランチ、夜は焼き鳥がメインの飲み屋になる。

葛西は手土産をガサガサ持ちながら言う。

「久しぶりにおじさんが焼く茄子《なす》を無限に食べたいです」

「ああ、わかる。焼き鳥屋で食べる野菜ってどうしてあんなに美味しいのかね」

「ネギまを十本くらい食べたいです。俺、今日の夜焼き鳥だって分かってたので、朝からウイダーインしかキメてません」

「あー、お腹すいたね、いっぱい食べよう」

話しながら商店街を抜けて店に到着して裏口から覗《のぞ》くと、そこにちんまりと座った蘭上がいた。

変装もしてなくて、会議室で会った時と同じ……真っ黒なロングTシャツとシンプルなGパンを穿《は》き、ぼんやりと座っている。連日メディアに出ているのを見ているので、こんな狭い調理場に蘭上が居ると合成のように見えてしまう。

莉恵子は挨拶しながら中に入った。

「蘭上さん、遅くなりました。大丈夫ですか、母が飲ませてしまってすいません」

莉恵子が言うと蘭上はふるふると静かに首を振った。

「甘酒苦手だったけど、一口飲んだら美味しかった。なんか、栄養感じる」

「それは良かったです。自家製なんですけど、栄養満点で疲労回復に最高ですよ。お待たせしました、お部屋に行きましょうか」

「うん。でもここもすごく好きで見てた。みんなの仕事見てるの、いいね」

蘭上はそう言って莉恵子の母親が再婚したおじさんの方を見た。おじさんは板前さんで、美しい手捌《てさば》きで刺身を作っている。そして莉恵子たちに気が付いて「お！」と手を拭いて近づいてきた。

「莉恵ちゃん、久しぶり。また疲れた顔しちゃってー。ほらほら、部屋入って。なんかお兄ちゃん、莉恵ちゃんくるまでここにいるっていうからさ」

「お久しぶりです！」

「じゃあ何？『お疲れコース』で良い？」

「そうですね。それでお願いします」

「了解ー！」

おじさんはニカッと笑って作業に戻った。

おじさんと莉恵子のお母さんは、莉恵子が小学校四年生の時に再婚した。

莉恵子が高校を卒業するまでは「若い女の子とおじさんが一緒に住むとか、ハレンチだ！」と言い、ひとりで暮らしていた。

そして莉恵子が大学進学したタイミングで、お母さんと居酒屋の近くに部屋を借りた。

お父さんが死んで三年程度で再婚すると言われた時は、正直イヤだったけど、頑《かたく》なに実家に立ち寄らず、距離を取ってくれたおじさんに感謝している。

だからこそ今、ここまでの信頼関係があるのだと思う。

この建物は細長く七階建てで、完全予約制の個室は六階にある。

昔はおじさんがひとりで寝泊まりしていた部屋を個室にしたのだ。

一部屋のみで、プライバシーは完璧に守られるし、トイレも何ならお風呂もある。

入るともう部屋は温かくてこたつの上にお通しの白和《しらあ》えが置いてあった。

蘭上を一番奥に通すと、蘭上はこたつに吸い寄せられるように入っていった。

そしてパアアと笑顔をみせる。

「すごい。噂《うわさ》どおり、温かい」

「会社でも話してたんですけど、こたつはもう珍しいものになりましたね」

「うん。昔の漫画とかで見た。あったかい。すごい。俺ビール飲む」

「了解です。食事をそれほど食べられないということで、湯豆腐でどうでしょうか。裏のお豆腐専門店から仕入れてる美味しい豆腐なんです」

「とうふ、好き」

蘭上がパアアと表情を明るくしたので安心した。

おじさんが提案してくれた『お疲れコース』は、湯豆腐や鶏肉メインで胃にやさしいものが多い。これは莉恵子が仕事をしすぎてぶっ倒れた時に考案されたものだ。疲れている時に突然牛肉の脂を摂取すると、さらに疲れてしまう。

そして莉恵子たちもビールを頼んだ。お母さんが「六階まで何度も行きたくないわ！」と言い出したので、この店のためにiPadで注文できるシステムを発注したのだ。各テーブルにiPadを置いて、そこから注文できる。

注文聞くためだけに何度も移動するのは面倒すぎるし、インターフォンを何度か鳴らされるのはスタッフも大変そうだった。でもこのシステムにしてから、商品を運ぶだけになったので、かなり楽になったと聞いた。

「失礼しますー。準備させていただきますね」

「お母さん、よろしくですー」

「あらまあ、莉恵子、また痩せたわね。はい莉恵子はビールじゃなくて甘酒」

「うう……ビールが飲みたいです……」

「次は昆布茶《こぶちゃ》にしなさい。関節楽になるから」

「ビール……」

お母さんは莉恵子の注文など通さない。

顔色と体調を見て、勝手に食事を持ってくるので、ここにきてビールは飲めない。飲みたい……。お母さんは莉恵子を完全に無視して蘭上の前にビールを置く。

「蘭上くん、お待たせしました。湯豆腐の準備もさせていただきますね」

「甘酒、おいしかったです」

「ビールより昆布茶のがよいわよ？　ビールは体を冷やすから」

「もうお母さん、いいから！」

お母さんは弱っている人を放置できない……よく言えばやさしい人、悪く言うと超絶おせっかいだ。常連さんのためにスペシャルメニューを考えるなんて日常茶飯事だし、お金がなさそうな人に残り物をつめてお弁当として持たせたりする。

いろんな法律に引っ掛かりそうだが、お母さんはやめない。

「この……未来小鉢って、なに？」

蘭上がiPadでメニューを見ながら言った。

それはおせっかいのお母さんが始めたメニューで、四百円の小鉢を購入すると、二百円分の小鉢が届く。残り二百円は、お金がない学生さんや、食事に困る子どもたちの食事代金に回るのだ。そしてその人たちが将来お金を稼げるようになった時、未来小鉢を買ってくれたら、永遠に続くのではないか……というアイデアである。

莉恵子が説明すると蘭上は言った。

「じゃあこの未来小鉢。十個頼む。あ、大場さん、今日おごらないで。社長がお金ポケットにねじこんできたから、たくさんある」

「あらまあ、大富豪！　じゃあその値段で何か見繕ってきますね」

お母さんはビールを置いて湯豆腐をセットすると、にこにこしながら一階におりていった。莉恵子は乾杯の声をかけながら口を開いた。

「すいません、なんか。気を使っていただいて」

「ちがう。いいと思ったから、言った。宣伝したほうがよくない？　俺フォロワー百万だよ」

「助かりますけど、それをすると蘭上さんはもう来られなくなりますよ」

「やっぱり絶対言わない。俺、この店気に入った」

「それはよかったです、湯豆腐どうぞ。すごく甘いんですよ」

莉恵子がすすめると蘭上は豆腐をひとつ出して、小さくスプーンですくってもぐりと食べた。そしてパアアアとまた顔を輝かせた。

「豆の味がする」

「そうですよね。今朝ゆでてつぶした大豆なんです。これとビールが最高です。この鰹《かつお》節《ぶし》も今朝削ってて、醤油《しょうゆ》も特別なものです」

「……おいしい。いいね、俺、これだけでいい」

「よかったです」

豆腐を食べてビールを飲んで、こたつの天板に顎を置いてポヤーとし始めた蘭上を見て、ここで正解だったと莉恵子は思った。

横に座っていた葛西は書類を取り出しながら口を開いた。

「じゃあちょっとお仕事のお話させて頂いてもいいですか?」

「お仕事……任せた」

「うちの企画の、どこら辺を一番気に入って決めていただけたのでしょうか」

「うーん……ぜんぶ」

眠りそうになっている蘭上を見て、葛西が困っている。

莉恵子は豆腐を食べて蘭上の方を見た。

「蘭上さんって、基本的にお食事はひとりでされてるんですか?」

「うん? ひとりが多いかな。ていうか、ひとりだから食べない。誰かと一緒の時に、こうして人間ぽいの食べるから、それでいいかなって」

「誰かと食事すると、自分だけでは食べられないもの食べますよね。私、辛いもの苦手なんですけど、詳しい人に『プラオ』っていう炊き込みご飯を教えてもらって。これがもう、すっごく美味しかったんですよ。スパイスを使った炊き込みご飯。でも誰かと一緒じゃないと食べなかったんですよね」

「俺も、うん。そういうのは楽しいと思う。食べるなら、誰かと食べたい。ひとりなら炭酸水でいい」

「わかります」

話しながら糸口をつかむ。

どうやら蘭上の心に一番響いたのは、距離を取って食事をするシーンだ。じゃあ、あそこをメインに再構築したほうがいい。

豆腐に鰹節をたっぷりかけて蘭上は口を開いた。

「そういえば気になってたんだけど。プレゼンの時に最初は宇宙なのに途中で学校になってて、最後廃墟じゃん？　どうして？」

ギックウ……。たぶん莉恵子と葛西の表情は石のように固まったのだろう、蘭上が興味を持ってふたりのほうを見た。

「意味があるのかなーと思って」

「いえ……意味はないです。ロケ地の問題もあるので、一か所に変更すると思います」

「あ、わかった。どこかのプレゼンとかぶった？」

「ぎくぅ～」

もう声に出して莉恵子が言うと、蘭上は「ビンゴだ～」と水が流れるように静かにほほ笑んでビールを飲んだ。

「まあ、そうかなと思った。でもいいよ、俺はこれを気に入った。だからそれだけでいい。場所ひとつにするなら、この真っ白な教室でご飯食べたい」

「あ、それいいですね。教室で生活してるとか、どうですか」

「いいな。俺、学校に行ってないから、学校に憧れてるんだ」

「学校に泊まれる施設が千葉にありますよ。ロケそこにしましょうか」

「行きたい。一週間泊まる」

「たぶん社長がキレますね」

「毎日迎えにくればいい。そんでお豆腐もっと食べたい。iPad 貸して?」

「はい、どうぞ」

莉恵子は冷や汗をかきながら iPad を蘭上に渡した。

まさか本人につっこまれると思わなかった。

それでもかなり蘭上が求めているものが見えてきた。

今も作業中の小野寺にリアルタイムで指示を出そうとビールに手を伸ばしたら昆布茶で悲しくなった。仕事の話が終わったら実家を抜け出して、駅前の行きつけの立ち飲み屋に移動しよう……そう決めた。関節なんて痛くないもん!

＊

「すごい、本当にシンクに本が入ってる！」

誰もいない台所で芽依は叫んだ。ひとりで掃除をし続けて、台所を埋め尽くす段ボールをすべて開けて、やっとシンクにたどり着いた。そこで目にしたのは、シンクのサイズに合わせてキッチリとハマっている本たちだった。

「片づけは私がするから！」という莉恵子の言葉を信じて？　芽依は本の山をせっせと莉恵子の部屋に運ぶ。

本当なら二階の書斎にもって行き、キレイに並べたい。

芽依は本を並べるのが好きで、なんなら『あいうえお』順に並べたい。でもそうやってなんでもやることがその人のためにならない……ということまで頭が回らなかった。自分で整頓しないと『整頓した人に聞かないとある場所がわからない』のだ。

拓司が保険証の場所を聞いてきたのは衝撃的だった。

そもそもあの場所を指定したのは拓司だったのに！

「自分でやらせないとダメね」

芽依はよいしょ、と本を運んだ。

すると本の隙間からパラリ……と写真が落ちてきた。それは芽依と莉恵子が通った高校の文化祭で撮った写真だった。

「なつかしい」

芽依は写真に見入った。高校一年生の時の柊《ひいらぎ》先生と一緒に仮装をしたみんなで写っている。

柊先生は親身になって芽依の家庭のことを心配してくれて「家が不安定なら、ちゃんと手に職を持ったほうがいい」と教えてくれた。

普通の進学校で、多くの資格を取ったのは柊先生がすすめてくれたからだ。

その時に取った簿記の資格で不動産会社の仕事もすぐに採用された。

大学に入ったら教員免許も取っておけ！　とか……。

「あ、そうだった。私、教員免許も持ってるのよね」

小学校教師になるための教員資格認定試験も合格して、資格を持っていた。

柊先生に言われてとりあえず取ったというのが本音だけど……。

「よいしょ、と」

芽依はその写真をこたつの上に置いて本の移動を再開した。

正直、まだ『幸せな家庭』に対する夢は諦めきれない。今は何も考えられないけど、また『自分だけの家族』というものを作りたいと強く思う。

だけど……もう仕事は手放したくない。拓司の気持ちが自分にないと、うっすら気付いていたが何もできなかったのは立場が不安定だったことも大きい。だったら夢だった教師をしてみる？

でももう何年間勉強から離れてるのよ?! そんなの無理でしょう。

でも、そういえば小学校の先生に憧れてたのよねえ。

芽依はどんどん本を片づけて、段ボールをビリビリ開けながら考えた。

「調味料入れ、出てきた——！」

莉恵子はどうやら『やる気だけは』あったようで、家を片づけるためのグッズは色々出てくる。宝探しみたいで楽しい。

芽依はバリバリと段ボールを開けて台所を片づけ続けた。

するとこたつのテーブルに置き去りのスマホにポンと通知が入った。

見ると結桜だった。悩んだ結果、ブロックを解除してＬＩＮＥをしていた。

『学校行ってないことに理由なんてないよ。やる気なくなったから家で寝てるだけ』

芽依はそのメッセージを見て、むしろ心配が増した。

結桜と子どもの頃の芽依はよく似ているので（いや、もちろん結桜のほうが高飛車だけど、それは環境だと思う）気持ちが理解できた。

学校で優等生を演じていると、ほんの少しでも思い通りにならないと、簡単に心が折れてしまう。それを吐き出す場所が芽依だったのだと理解していたからこそ、ワガママをすべて受け止めていた。それに家を出る時に『この家芽依さんがいないと回らないよ?!』と言ってくれたことも気になっていた。文句ばかり言っていたけれど、結局一番近くで見てくれていたのだ。

『結桜ちゃんのこと気になって……ごめんね。家はどうかな?』

すぐに既読になってメッセージが返ってくる。

『もう関係ないでしょ。関わらないで。クソみたいな男と離婚おめでとうございます』

そしてヤッタ～～と派手なスタンプが踊った。

芽依はそう言われると何も返せず、画面をぼんやり見続けた。

最初は「ものすごく生意気な子」と思った。口を開けば食事や家事に文句ばかり。でも美味しい紅茶やお菓子を準備すると「あれよ、あれ、あれが美味しかったのよ!」と怒りながら言う。

お義姉さんが行けないというので芽依が出た面談で、家とは真逆な優等生を演じていることを知って、苦笑してしまった。同時に、どうしようもなく気持ちがわかった。

現時点で見てもらえないのに、今以下になってしまったら今以上に見てもらえない。がんばり続けないと、優等生じゃなくなってしまう。

怖くて仕方なくて、階段をおりることさえ許されない日々。

そんなの学生時代の芽依と同じだった。頑張り続けたら振り向いてもらえるかもしれない、見てもらえるかもしれない。そう思い、必至だった。

結桜の気持ちを知った夜は、胸が痛くて眠れなかった。

やっぱり子どもに罪はない……見捨てられないよ。

明日、一度会いに行ってみよう。芽依は思った。

夜になったので居酒屋に挨拶に行こうと思ったら莉恵子からＬＩＮＥが入った。

曰《いわ》く「お母さんがお酒飲ませてくれないの！　仕事終わったし、実家脱走した」。

じゃあどこにいるのよ⁉︎　と聞いたら駅前の飲み屋だというので向かうことにした。

「芽依ち〜〜ん」

店に到着すると、完全に酔っぱらった莉恵子がビール片手に芽依を呼んだ。

「もう飲みすぎよ。帰るわよ。お金払ったの？」

「毎月ツケで月末に頂いてます」

お店の人が頭をさげて説明してくれた。

「ええ……ツケ？　何かすいません。もう莉恵子、帰るわよ」

「芽依ち〜〜ん」

「わかったわかった」

莉恵子は酔っぱらうと私のことを『芽依ちん』と呼ぶ。変だからやめてほしいと言ってるのに、毎回忘れている。まったく困ったものよ。仕方なく駐輪場から自転車を出して荷物を乗せて、ゆっくり歩いて帰ることにした。

そして酔ってる莉恵子相手くらいが丁度いいや……と結桜のことを相談してみることにした。どうしても昔の自分と同一視してること、心配だから一度連絡して、会おうと思ってること……ぽつぽつと話した。

莉恵子は白い息を吐きながら言った。

「芽依ちんさあ、今の芽依ちんのままで行ってもそれは、受け入れてもらえないよ」

「……どうして?」

莉恵子は続ける。

「芽依ちんは、結桜ちゃんからしたら、ただの追い出された他人なんだよね。ここに感情を入れない、ここポイント。ポイントだよ。どんな感情があってもさあ、現状ってのは冷静にわけてみないと。感情に判断をゆだねると九割失敗するんだよねえ～」

「どういうこと?」

芽依には莉恵子が何を言っているのかよくわからない。

たしかにただ追い出された他人だけど、結婚して四年間結桜の面倒を見てきたのは芽依だ。それに育ってきた環境も似ていて、誰より結桜の気持ちを理解できるという自負もある。今、結桜に一番必要なのは自分だと言い切れる。

「芽依ちんは、たぶんさあ、行ったら『ちゃんと学校に行って、資格とか取って、自分のために力を付けないとダメよ』とか言うっしょ」

「うん、だってその通りじゃない。このまま受験からドロップアウトして偏差値が低い高校に行ったら一生人生をやり直せないわ。家を出ないと不幸になるわ」

「じゃあさあ、幸せな結婚からドロップアウトした芽依ちんは、今不幸なん？」

「え……いや、違うわね。でもそれは結果論よ」

「芽依ちんはさ、放り出されたけど、ちゃんと自立してる人になってから、放り出されても何とかなるって見せないと、話聞いてもらえないよ。たぶん下に見られて終わり」

莉恵子は、そんな感じする～と白い息を吐きながら続ける。

「ネクストステージの芽依ちんになってから、ほら立ちなさいよって言わないと、一緒に沼に沈むだけだよ。こうずるるる～ってさ」

莉恵子にそう言われて、芽依の脳内には結桜に手を伸ばしたものの、何もできずに一緒に沈んでいく絵が見えた。

たしかに……今の芽依には結桜と一緒に食事をするにしても、拓司から渡された慰謝料ですることになるのだ。よく考えたらそれは、ものすごく屈辱的だった。

芽依は思い出した。

「今日シンクの本出したら、柊先生の写真が出てきたわ」

「うっひょ！　超なつかしいんだけど！　くううう、まだ先生してるのかなあ」

「それでね、私、教員免許持ってること思い出したの」

「あ、そういえば資格めっちゃたくさん持ってたね。へえ、そんなのも取ってたの」

「もう何年も勉強なんてしてないし、試験なんて無理だから……って思ったけど、合格したら……結桜ちゃん、会ってくれるかな」

「あ〜、それならきっと話聞いてくれると思うよ。だって追い出された芽依じゃないもん。ネクスト芽依ちん、新しいね」

莉恵子は「ていうか、仕事でご飯食べると食べた気しなくてお腹すいてきた……」としょんぼりとコンビニの前で止まった。芽依は莉恵子の肩に手を置いた。

「冷凍庫にうどんを入れておきましたが？」

「芽依ちん好き──!!」

莉恵子はニパアアと笑った。

そうね、ネクストステージ。ちゃんとしてから、背筋伸ばして結桜に会おう。

だって今、私、全然不幸じゃないもの。

どうしようもなくたって立ち上がってみせる。

芽依は次の日さっそく本屋に行って、試験に必要な参考書を買ってきた。

それを写真に撮って結桜に送った。

既読になって何も返ってこないけど、まずはここからだ。

第三話　ただ隣に立ち続けたいから

ぅう……昨日はかなり飲んだ気がする。莉恵子は布団の中で呻《うめ》いた。

服装を見ると着替えて布団で寝てるから、悪さはしてない……たぶん。

今日は撮影所に行く日だから、控えめに飲もうと思ってたのに、お母さんが昆布茶とか出すからむしろ飲みたくなっちゃった。ずるずると布団から這い出す。

今日は、ちゃんとした状態で撮影所に行きたかったのに失敗した。

この前撮影所の使用状況を確認したら、神代が関わっているタイトルが書いてあった。今日撮影所にいるかもしれない。それを知ってから莉恵子はそわそわしていた。

今関わっているのは映画……そして時期的にもう仕上げに入っているので、ＣＧルームのほうにいるかもしれない。

その場合会えないけど、会う可能性があるからスカートにすべきか……。

いや撮影所は本当に寒いので、うかつにスカートで行くとひどい目にあう。

じゃあ分厚いタイツを穿くか！

莉恵子は服の棚に向かったが、開いたらキャミソールが飛び出してきて絶句した。

君がいるべき場所は、ここではないぞ？

「うーん」

探しても見つからないけど、たぶん買っていると思う。

メールボックスの中で『タイツ』と検索したら、でたー！

段ボールを探し出して新品を出す。一緒に暖かそうな下着も出てきた。よく見たら去年の今時期買ったものだった。私は神かな？　未来が見えてるのかな？

それを引っ張り出して穿いて……しかしスカートといっても、もう二十九歳でひざ上スカートはそろそろ痛いのでは？

秋物のフレアスカートを買ったはず！　と着てみたら可愛すぎる。

これは撮影所にしていく服装じゃない。じゃあタイトスカートだ！　と取り出したらミニすぎる。どうしてこんなミニを買った？　他にもあるでしょ！　と、メールボックスを検索したら十着以上あった。買いすぎやん！　でも気になるので、一つずつ取り出して広くなった台所に並べる。

台所はリビングと続いているので、山のように段ボールがあったけど芽依が片づけてくれたのだ。なんとシンクが使われていて、床が見えて、ぽつぽつと調味料入れが使われている。すごい……人間の家みたい！

床が見えるので、そこに服を並べて選んでいたら、芽依が起きてきた。

「おはよう。大丈夫なの？」

「芽依おはよう！　昨日迷惑かけなかった？　なんか気持ちよく帰ってきたことしか覚えてない」

「莉恵子は酔った時のが真面目なの、なんとかしたほうがいいわよ」

「はあ？」

「それよりスカート。右のスカートは若作りすぎない？　真ん中は仕事できそうに見える。ちょっと可愛くみせたいなら、その左のロングスカートと黒のハイネックとかはどう？」

「なるほど！　じゃあ左のにする。ありがとう」

「莉恵子は足が短いから、ロングスカートが一番スタイルよく見えるわよ」

「キィィ！　否定できない！」

なんか食べないの？　と芽依に聞かれたけど、ファッションショーに時間を取られてしまいメイクもしてなかったので断って準備に集中した。

あんまり盛りすぎても変だし、適度にいい感じに見えるように……。

でもちょっとまって。

「顔色、悪くない？」

「あれだけ飲めばそりゃそうよ」

「スチームしながら寝ればよかったー！」

「寝てる時に顔の前にスチームきたら、息苦しくない？」

「寝れるよ、超寝れるよ、失敗したー！」

時すでに遅し。顔色がよく見えるクリームをたっぷり塗り込んで誤魔化した。

ていうか本当に時間がない。しまった爪なにもしてない、もう無理！

「おはよう」

「おはようございます！　莉恵子さん、今日のスカート似合いますね。ロングスカートって地味に楽ですよね。中にたっぷり着られるし」

小野寺は莉恵子のスカートを見ていった。

莉恵子はスカートを軽く持ち上げて口を開く。

「本当にそうよね。パンツだと中にあんまり穿けないけどスカートだとがっつり穿けるから、実はスカートのがあったかいのよね。今日なんてタイツ二枚重ねよ」

「撮影所ヤバイですもんね」

「なんで外より寒いんだろ」

モソモソ早歩きで撮影所に向かう。撮影所内は無駄に広くて駐車場からスタジオまで数百メートル離れていたりする。

寒い、寒すぎる。暴れる髪の毛を押さえつつ、目当てのスタジオに入る。

そこにはいつも撮影を頼んでいるチームの方々が作業していた。挨拶をして次に始まる仕事の依頼をする。

わざわざ現場にきて依頼するのは莉恵子流だ。新しいスタッフが入ったのか、現場の空気はどうか、ピリピリしている人はいないか……会議室で会うより一気に色々な情報が手に入る。知りたい情報は聞いても出てこない。見に行く。

撮影監督が莉恵子を見て笑顔で歩いてくる。

「おつかれー！　蘭上取ったって？　すごいね。ロケ決まった？」

「おつかれさまです、すいませんお邪魔して。場所は千葉の予定で十四日から押さえてます。金額は……盛れそうですよ」

「やったね、莉恵ちゃん。おじちゃん嬉しい」

撮影監督はそう言ってタバコ……じゃない、電子タバコを揺らした。

あ、じゃあ毎回差し入れしていたタバコ関係はもうやめたほうがいいんだな。

煙を嫌がられたのか、健康に何かあったのか……ちょっと調べてみるかと莉恵子は思った。ほら来たほうがよかった。こういう観察の積み重ねが結局『次』を産む。

雑談で盛り上がっている小野寺たちを撮影現場に残して、莉恵子はCGルームへ向かった。いや、うん。CGのスケジュールも確認しといたほうがいいからね。CG会社は別のところだけど、顔だして損はない。

撮影所の最悪なところは、外のスタジオはめちゃくちゃ寒いのに中は常夏のように暑いところだ。

北海道に行った時に買ったダウンとかのが良いのかもしれない。

もう中は半そでで良い……汗を拭きながら莉恵子は進んだ。

制作部の建物に入ると、横のカフェテラスに神代がいた。

「神代さん！」

「莉恵子」

紺色のセーターを着て、Gパン姿。いつもと同じ黒縁メガネでコーヒーを飲んでいる。

細い肩……身長が高いから、いつもすこし曲がっている背中に、細い腰。

茶色のふわふわした髪の毛がすこしペチャンとしてるから、昨日はスタジオに泊まったのかもしれない。神代は、細くて長い指で、横の席をトントンして莉恵子を呼んだ。

「久しぶりだな。ごめん、昨日帰ってないから臭いかも」

「忙しいんですね。今佳境ですか」

「もうすぐ終わり。スタッフが頑張ってると帰れなくて」

「わかります。でも監督がいつも部屋にいてくれると、何でも聞けてスタッフは助かるんですよ」

「莉恵子はちゃんとプロデューサーになったんだなあ。なんか今も変な感じがするよ」

そう言って神代は目を細めた。神代は目を細めると、目の横に皺が入って、その優しい皺が莉恵子は昔から好きだった。

ひそかにはやる心臓に大きめに息を吸って息を送る。

「いつまでも小学生の子どもじゃないんですよ。これでも頑張ってるんです」

「知ってる知ってる。蘭上さん取ったって聞いたよ。あの人、気難しいらしいのに、莉恵子に懐いてるって」

「気難しいというより……ただの淋しがり屋に見えます。この前こたつで湯豆腐食べて寝てましたけど」

「え⁈　自宅に呼んだの⁈」

「いえいえ、居酒屋のほうです。あそこ、プライバシーだけは守られるので」

「あ、そうか。そうだよね、驚いちゃった」

「自宅には仕事の人は呼ばないですよ」

「だよな。うん」

そう言うとふたりで黙ってしまった。

昔は自宅のこたつに一緒に入って、勉強教えてもらったり、食事したりしてたけど、仕事を始めてから一度も呼んでない。

きっと同じことを考えてる。

ああ、もうっ……仕事の話をする！　莉恵子はクッと顔をあげた。

「あの、アイドルさんとお仕事されるんですね」

「そうそう。今企画考え中」

「シークレットですよね。私たちも出していいですか？　プレゼン参加したいです」

「お～。そんなのこっちからお願いしたいくらいだよ。楽しみにしてる」

「じゃあ書類一式、マネージャーさんに頂きますね」

「今渡すよー。データでいい？　二十本あるからね、楽しみだよ。曲ももう十曲くらい決まってる。聞いてみる？」

「ありがとうございます！」

そう言って神代は自分のＰＣ前に莉恵子を呼ぶ。

その近さにドキリとするが、神代は完全に仕事モードで真剣に曲を選んでいる。

その真剣な表情を、莉恵子はやっぱり好きだなあと思った。

企画、やってみよう。こうして横に立ち続けていたい。

色々な話をしている時が、一番楽しい。

第四話　ふたりの休日

休日の土曜日。芽依はひたすら部屋の片づけを続けていた。そこに莉恵子があくびをしながら起きてきた。そしてスマホを見て呑気《のんき》に口を開いた。

「芽依、今日ね、午前中にビールが二十本届くよ」

「ええ？　そんなに冷蔵庫に入らないわよ」

「ビールなんて外に置いておけばよくない？」

「要冷蔵じゃないの？」

「外が寒いから冷蔵庫みたいな感じだよー」

「ちがーう！」

芽依は手に持っていた段ボールをビリリリと破いて叫んだ。

莉恵子はこたつに肩まで入って頭だけ出してスマホをいじりながら言う。

「前にね、台風被害をうけて大変なビールがありますってネットで見たの。それで買ってみたら美味しくて。そこから定期的に買ってるの」

「それは良いわね。でも二十本？　せめてあの倉庫が機能してれば……」

芽依が視界の奥に見える地獄倉庫を見ると、莉恵子はこたつの中にシュッと消えた。

「莉恵子ー！　着替えなさい――――！」

再び莉恵子がこたつからピョコと顔を出してスマホ画面を見せる。

「あ、芽依。今日ね、チーズも届くよ。チーズフォンデュしよ！　初めてネットで食べ物買ったよお～～」

「また買い物したの?!　って思うけど、チーズフォンデュしたことないわ。なにそれ、どうやってするの？」

「前にすっごく大きなホットプレート買ったの。その上に耐熱容器置いて、チーズフォンデュできるんだって」

「そのホットプレートはどこにあるのよ」

「この段ボールの山の中。チーズフォンデュのこと考えたらやる気になってきた！」

莉恵子はこたつの中でモソソソと着替えて出てきた。

そして洗濯機を回して、ふたりで掃除を開始した。

莉恵子がリビングの段ボールを開けている横で、芽依は台所の片づけをする。

もう台所の段ボールはすべて開いていて、その中身を正しい場所に移動させている。

莉恵子が言っていたとおり、半分は同じ商品で、服や化粧品、それに本だった。調味料も何もなく、それこそシンクの下の空間にも本が詰まっていた。芽依はそれを見た瞬間に膝から崩れ落ちた。こんな水気がある所に?!　と思ったが、まったく料理をしないなら水気は存在しないし、ビール瓶などはすべて洗面所で洗われていた。

この家は洗面所の横に勝手口があり、その奥にゴミ捨て場があるので理にかなってい た。ゴミは徹底して外で管理されていて、莉恵子が「虫とか匂いは無理」と宣言するだけのことはある……と妙に納得してしまった。

段ボールを開けていた莉恵子が雄叫《おたけ》びをあげる。

「ホットプレートきたぁぁ!!」

莉恵子がホットプレートの箱を持って叫んでいるが、どう見ても異常に大きい。

箱の側面には『ファミリータイプ』と書いてある。

「……デカくない？」

「うん、なんでだろ。すごくデカいね。サイズとか見ないで買い物するからな。でもほら、チーズフォンデュしてる横でお好み焼きが焼けるよ」

「焼かないよね？」

「大は小を兼ねるよ〜」

莉恵子はドヤァとそれを置いて、こたつの中にモゾゾゾと入っていくので、背中の服を掴んだ。

「ホットプレート出しただけじゃない」

「一回休憩。朝ごはんも食べてないし、お昼ご飯も食べてないし、アイス食べる」

「あ、あのね。ちょっときて。冷蔵庫の二段目。ここに適当に食べられるものをストックすることにしたから。今ならきんぴらごぼう、それにカボチャサラダ。基本的に私が食べるけど、莉恵子もお腹空いてたら食べていいわよ。あと常に冷凍うどん入れておくから、好きな時に食べて。実費で請求するわ」

「あ〜〜〜ん、結婚して良かった！」

「してません。食べる？」

「食べる――――!!」

芽依はカボチャサラダをまず出して、うどんを温めた。そしてきんぴらを二人前出してこたつに入る。

莉恵子は「はああ〜〜……ありがとう。芽依。おいしい〜〜」と目を輝かせている。

あまり作り置きするのは負担になるのでやめようと思っているが、どうやら土日は基本的に家にいるようなので、軽く準備しておこうと思った。

見ていると本当に夜は終電で帰ってきてお風呂直行、即寝ている。

この生活では荷物もたまるし、自炊なんて無理だと分かる。

莉恵子はカボチャサラダを「うまー」と食べて口を開いた。

「そういえばさ、この前仕事で私立小学校行ったんだけど、私立っていつも教師募集してるんだね」

「あ、そうね。私立はそうかもしれない」

「そこの学校、すごく面白そうだったよ。校庭に段ボールで巨大迷路作ってた」

「今どきそんな自由な学校あるの？」

「なんかそういう学校みたい。学校内でするロケとかも積極的に受け入れてて、メディア担当の教師がいたの。協力的でびっくりした」

「すごいわね。さすが私立」

莉恵子に教えられてサイトを見てみたら、家から電車で三十分ほど離れた場所にある私立小学校だった。高校まで併設していて、規模が大きい。山の中にあり、自由な校風で、不登校児も広く受け入れていて、カリキュラムが独自で面白そうだった。

そして『学校が変わっているので、色んな経歴の教師を受け入れています！』と書いてあった。

「面白そう。距離もいいわね、家の近くだと生徒とか保護者に会って大変なのよ」

「へえ〜。うん、でもメディア担当の教師さんも良い人だったよ。イケメンだった！」

「莉恵子はイケメンなんて興味ないわよね」

「ふう、お腹いっぱい。ビール飲もうかなあ」

莉恵子は芽依の言葉を無視して冷蔵庫にジリジリと近づいていく。芽依は背中の服をムンズと摑む。

「飲ませるわけないでしょ。さ、作業開始。もうこのこたつに騙されないわよ！　今日はこたつ布団も外に干します」

「えええええ〜〜冷たくなっちゃう、お布団が冷たくなっちゃうよおお……あ、無くしたと思ってたペン出てきた」

「だから掃除が必要なんでしょ。ほらお皿台所！　洗って」

「はぁい。家でお皿洗うの久しぶり。わあ、台所だ〜〜、水が出てきたぞ〜〜」

莉恵子がこたつから出た瞬間に天板を外す。

するると天板の下から山のようにコンビニスプーンと箸が出てきた。

「なにこれ⁈」

「あ、便利なんだよ、そこにあると」

「ちょっとなんでこんなに量があるの。怖いんだけど！」

芽依はすさまじい量のスプーンたちを開いていた段ボールに入れると、その段ボールには買った使い捨てスプーンたちが入っていた。おもわず膝から崩れ落ちる。

莉恵子はドヤ顔で口を開く。

「洗わないからね。使ったら捨てる。衛生的でしょ」

「そうね、そのとおりだわ……もう今日はこたつ布団のカバーも、下のマットも洗う！」

「夜までこたつに入れないじゃん?!」

「チーズフォンデュ……気持ちがいいこたつで食べたいでしょ？」

「食べたい……」

「たくさんある洗剤、使いたいでしょ？」

「使いたい……！」

「石鹼《せっけん》の匂いがするこたつ布団でビール飲みたいでしょ？」

「飲みたい！　がんばる！」

食器を洗い始めた莉恵子を見て、芽依は「莉恵子の操作方法が分かってきた」と思った。その頃莉恵子は、食器を洗い終えて、段ボールから出てきた着れる毛布を発掘、装着して綺麗な和室に逃げ込んでいた。

「莉恵子！」

「食後の休憩、ちょっとだけぇ～～」

莉恵子を追い回していたら疲れてしまった。

少し休憩……と思うけど、これが作戦だと分かってる。

今日こそ騙されないんだから！

芽依はこたつ布団を外して、カバーを取り、洗濯機に入れた。そして布団を外に干す。

気が付くと横に毛布をかぶった莉恵子が来て、アイスを食べていた。

「きもちいい天気だねえ」

「でしょ？」

結局ふたりでアイスを食べて掃除を再開した。

初めて食べたチーズフォンデュは、野菜が美味しくて、またしようと莉恵子と約束した。

第五話　死守すべきものは

「うーん、あんまり派手にはしたくないかなあ」

「でもこっちだと、さすがに地味ですよね」

今日は蘭上のプロモーションビデオに使う衣装会議だ。

莉恵子と蘭上の目の前には六十枚以上の衣装案が並べられていて、演出の沼田やデザインの小野寺と細部を話しあう。

葛西がその場でログを書き、別室にいる衣装デザイナーたちが次案を練る。

莉恵子は二部屋を行き来しながら、アイデアを詰めていく。

衣装デザイナーたちは全員主張が強く「俺が」「私が」のディベート大会になるので莉恵子が情報をまとめて伝えているのだ。デザイナーの主張を同時に山ほど聞かされるとアーティストはみんな疲れてしまう。これは経験だ。しかしここで使用が決まった衣装は、そのままライブやテレビでも使われるし、ジャケ絵にもなる。最近はグッズ展開も豊富で、衣装をつけた状態でアニメキャラクターにして、アクキーとして販売されるので提案する人たちの熱意が違う。

「背景がモノトーンなので、あまり色味が強いものは悪目立ちすると思われます」

小野寺はその場で反応が良いものを合成して出していく。

「うーん。でもそれはそれでいい気がする」

蘭上はモニターをぼんやり見ながら言う。

「じゃあ、身体の部分をマスクで抜いて映像を合成する方向性で行きますか」

「うーん。それだと……せっかく決めたマントがなあ。これは結構好きなんだけど」

「ではマントのみ残した状態にしますか」

「うーん……わかんない」

蘭上は机に突っ伏したまま動かなくなった。

小野寺も沼田も葛西も……なんなら社長も私のほうをクイと見る。

いやいや、見られても困るんだけど。莉恵子は視線を感じながら立ち上がった。

でも、さっきから思ってたけど。

「蘭上さん。顔色が悪いですよね」

「え？　蘭上、体調悪いの？」

社長が慌てて立ち上がる。莉恵子はそれを制した。

「体調不良じゃなくて……体温計ありますか？」

スタッフが体温計を持ってきたので、蘭上にはかってもらうと35・5度と出た。

この会議室は恐ろしく暑くて莉恵子は上に着ていたセーターも脱いで半そでだ。

みんな汗かいてるのに、蘭上だけ指先が白いなあと思っていたのだ。

「めちゃくちゃ体温が低いですよね。すごくだるそう。いつもより指先が白くて辛そうだなって思ってました」

「だから頭が回らないのかな。熱はないの分かってたから、ワガママかと思った」

「低体温って熱があるより辛いんですよ。はいとりあえず首を温めましょうか。私のですいませんが……」

莉恵子はポケットに入れてあったシルクのネックウォーマーを蘭上にかけた。

「……あったかい」

「部屋が暑くても体温は関係ないですからね。背中の真ん中にホッカイロはって……と。今から制作に半纏届けさせますね。あと一度窓を開けてください。部屋が暑すぎて酸欠になります。蘭上さんコーヒーは身体を冷やすので、番茶にして……はいこれ、大豆のお菓子にしましょう。おばあちゃんの知恵袋みたいですいません」

「大豆」

「カリカリしてておいしいですよ」

「ほんとだ」

パアアと蘭上は子どものような笑顔になった。かわいい。

酸素が戻った部屋で、沼田も小野寺もお茶を飲んで一息ついた。

そして蘭上は制作が持ってきた半纏を見て「?!」と驚いたが、窓が開いている部屋では寒いらしく、それを着た。

「……あったかい」

「差し上げます。頭は寒いほうが回ると思うので」

「うん、ありがとう」

顔色が戻った蘭上はちゃんと意見を伝えて、衣装は無事決まった。

うちの会社も暑くて頭がぼんやりしてしまうので、莉恵子は長い会議になると暖房を切る。そしてみんなで半纏を着て窓全開で話したりするので、車には常に新品の半纏が置いてあるのだ。吸い込む空気が熱いと頭が回らなくなるし、良いことがない。

衣装デザインが決まると、その足で発注に行く。

そのまま髪型とアクセサリー、それが決まってくるとビジュアル担当が出てきてポスター制作も入ってくる。目が回る忙しさとはまさにこのことだ。大手だと細分化されていて、そこまで細かく入る必要はないが、逆にコントロールができなくなる。だから忙しいけど全部自分で管理できるこの会社を莉恵子は気に入っている。

小野寺は車の中でグルグルと絵を描きながら呟く。

「並行処理しすぎて、頭がパンクし始めました」

「とりあえず衣装発注用の合成終わらせよう。それを出せば色が決まるから、ＣＧ会社に行ける。そしたら少し楽になるよお……」

「すぐ撮影始まるけどねえ」

助手席でコンテを書いていた沼田が言う。

葛西は運転しながら口を開く。

「もう今週は土曜日出ないと無理じゃないですか？　ＣＧパート用のコンテ出しだけで

もしないと月曜動けないですよ」

「うーん、確かにそうかも。ここ二、三週間が勝負かも……」

莉恵子はよほどのことがないと土日に仕事をしない。思いついて企画を書いたりはするが、集まって仕事はしないと決めている。

平日鬼のように忙しいのに休日も仕事をすると本当に死にそうになるからだ。

でも今週は仕方ないか……みんなが暗黙の了解をしたその瞬間、莉恵子のスマホにポンと通知が入った。

それを見て莉恵子は顔をあげた。

「やっぱり休日に仕事する奴《やつ》はクソ。絶対だめ。金曜日までに終わらせよう。土日に仕事したらうちら終わりだよ。このままじゃ死ぬ」

「ちょっと莉恵子さん、この数秒で何があったんですか?!　と思うけど、実は私も土曜日はもう用事あって。できれば休みたいです」

小野寺は苦笑しながら言った。

そうなのだ。数年前までは土日関係なく仕事していた。その結果葛西は彼女にふられて、沼田は離婚の危機に瀕《ひん》して、うちは段ボールで溢れて新人は逃げ出した。

沼田もiPadでコンテを書く手を止めて顔を上げた。

「そうだな、俺も土日は休みたい。なんとか今週中に出すよ。ラフでもいいかな」

「もちろんです！」

莉恵子は大きな声で言った。そしてLINEを立ち上げてさっき届いた画面を見る。

相手は神代だった。

『仕事終わったんだ。土曜日、面白そうな展示してるから美術館行かない？　仕事相手じゃなくて前の距離感で。撮影所で話した時楽しかったから』

莉恵子はニヤつく唇を噛んで返信を始めた。

『土曜大丈夫です。前に言いませんでした？　うちのチームは土日仕事しないんです』

『お。本当にそうなんだね、すごいじゃん。じゃあ土曜日、十時に駅くらいでいい？』

『了解です！』

返信して膝を抱えてニヤニヤしてしまう。前の距離感……前の距離感とは?!　ググってみる？　前の距離感。ああ、楽しみなことがあるだけで仕事も頑張れる。

明日やろうと思ってたことまで今日しちゃう！　巻いていくよ！

第六話　揺れる心と白い息

「ちょっと莉恵子、何なの。色々盛りすぎでしょう?!」

芽依は突然色々やり始めた莉恵子を見て叫んだ。

莉恵子は木曜日まで終電帰宅して始発で出社……みたいな働き方をしていたのに、金曜日の今日は二十時すぎに帰ってきて驚いた。

「お腹すいたのおお……」と突然言うので、簡単に鍋を作って出したら美味しそうに食べて、そのままお酒を飲むのかと思ったら「今日は飲まないの！」と宣言。

フェイスマッサージをしてクリームを塗りこみ、パックをしてスチーマーをつけた。

そして髪の毛に何か怪しいドロドロとした液体をしみこませて、ラップでぐるぐる巻きにして、さっきネイルをしたようで、指をピンと伸ばしている。そしてパックをしたままモゴモゴと話しかけてくる。

「ねえ芽依、スチーマーに水足して？　なんかエラーの赤色が見えるよう……」

「ちょっと待っててね。これ精製水じゃなくて良いの？　そう書いてあるけど」

「そうだった。ちょっと待ってね、この前買ったの……そこにある……そこ……」

莉恵子は顔にパックをつけたまま、もそもそと立ち上がった。

でも前が見えてなくて段ボールにぶつかる。

「いたーい！」

「目の部分だけ取ったら？」

「あ、そうだ。これ目のところ取れるんだった」

莉恵子は顔に張り付けたパックの目の部分だけ取って歩き出した。目当ての段ボールを抜き取り、スチーマーに精製水を入れた。そして再びスチーマーの前に座る。

これはさすがにわかる。芽依はニヤニヤしながら横に座った。

「明日デートなの？」

「でへへ……デートじゃないけど……デートなのかな？　いやあぁ……デートなのかな？　デートぉ……でへへ……そうなのかなあ……」

口をモゴモゴさせて身体をねじりながら話す姿が可愛くて、ほほ笑んでしまう。

よく考えたら私は『将来性がある人と幸せな結婚するために恋愛する』という気持ちが強くて、好きとか、恋愛感情をあまり感じたことがない気がする。

だから莉恵子のこの状態は新鮮だし、かわいい。

こたつに一緒に入ってみかんを食べながら聞く。

「会社の人？」

「同じ仕事関係だけど……同じ会社じゃなくて、尊敬してるけど、話してると一番楽しくて……でも尊敬してて……」

莉恵子は指先をひらひらさせながら、パックをしててもわかるほど口元をもぞもぞさせている。やだ、すごくかわいい。

「どこに行くの？」

「美術館だって。ねえ、芽依、何着ていこうかな。ZOZOの箱は全部開けて、そこに広げたんだけど。仕事の服しかないの。でも仕事の服っぽい感じのがいいと思う？　あんまり可愛いアピールするのも、ちょっと痛くない？」

「うーん？　確かになんか暗いわね。なんでこんなに黒紺灰色なの？」

「色合わせを考えるのが面倒で、同じ色ばっかり買っちゃうの。あ、押し入れに派手なのあるかも」

莉恵子に言われて、リビング横にある押し入れを開けると、中から恐ろしい量の服が落ちてきた。

「きゃあああ！　ちょっとなにこれ！」

「あ、そういえば畳の部屋から持ってきた服ねじこんだんだった」

高そうな服がタグをつけたまま、ゴロゴロと転がり落ちてきて、最後にカバンも落ちてきて頭にゴンとぶつかった。

「痛っ！　整頓しなさ――い！」

「なんかいい感じの考えてくれたら、明日やる！」

「デートの話聞かせてよ？」

「もちろんだよお。むしろ明日の夜、聞いてほしい」

「あら、帰ってくるの？」

「芽依、なに言ってるの！　帰ってくるよ！」

「あらそう、そうなの」

「芽依はハレンチ！　ハレンチさんだ！」

「二十九にもなって何言ってるんだか。あ、このワンピース可愛い」

「えー……ワンピースう……可愛くしてきた感じが強すぎない？　もっとこうちょっとだけ気合い入れたけどそんなに本気じゃなくて、でも『お、いい女になったな』みたいのをバリバリ感じる雰囲気にしたいんだけど」

「何言ってるのかよく分からないわ」

服をひっくり返してあれこれ選ぶのが楽しくて、何パターンも作って服を選んだ。

なんかこういう楽しさは久しぶり。それに同じような服ばかり出てきたので、かなりの量の新品を莉恵子がくれた。本当に雨宮家から持ってこなくて正解だった。

次の日、莉恵子は待ち合わせ場所でスマホを鏡代わりにして顔を見た。

「なんかちょっと……素顔すぎる気がする。いや、そんなことないかな」

芽依に「何かを塗るより早く寝るのが一番いいの！」と言われて、昨日は驚きの二十三時に寝た。その結果、肌がつやつや……だからあまり塗らずに来たけど、会社に行くより薄化粧で心配になってしまう。

駅のエレベーターの大きなガラスに服をうつすと、深緑色のプリーツスカートに黒のハイネック、それにワンポイントのタイツに真珠のピアス。

莉恵子は面倒で前髪を作らぬワンレングスで、ただ伸ばしている。

月に一度恐ろしく高いトリートメントを美容院でぶち込んでいるので（その間眠る）髪の毛はサラサラだ。時間がないから金に頼む。それがポリシー。

冷静に見るといい感じに美術館デートっぽく仕上げられた気がする！　すべて芽依が発掘してくれたの。ここまでくるとそろそろ「拓司さん、芽依を解放してくれてありがとう」とお歳暮送ったほうが良い気がする。もちろん嫌がらせですけどね？

「莉恵子」

「神代さん！」

神代が駅にきた。

いつも通りの黒のハイネックにGパンと灰色のマフラー姿なんだけど、めがねがいつも違う。メディアに出る時だけ使ってるちょっと良いめがねだと知っている。

もうそれだけでソワソワしてしまう。神代は目を丸くした。

「なんかすごく大人っぽい。莉恵子がねえ……」

「もう、毎回このやり取りやめてください」

「最初にあった幼稚園の頃のイメージが一番強いんだよな。あと、よみうりランドのコーヒーカップ、気持ち悪くなるまで乗せられたのがさ……」

「あー、久しぶりに乗りたいです。今度行きませんか？」

「ええ……今乗ったら秒で寝込むと思う。俺、あの駅から出てるゴンドラが好きなんだよ。巨人軍の二軍のグラウンドが見えて」

「え？　そんなのありましたっけ？」

「気にしてないと見ないかもなあ」

神代は話しながら「行こうか」と背中に軽く手を添えた。

体温に押されるように歩き出す。手を繋《つな》いで歩いていたのは小学校までで、よみうりランドは小学校六年生の卒業記念に連れてってもらって……手を繋いでいたと思う。

十二歳と二十二歳が手を繋ぐのと、二十九歳と三十九歳が手を繋ぐのは、違う。でも心の真ん中にある『神代さんと話したい』という気持ちは何も変わらない。

莉恵子は髪の毛を耳にかけながら神代のほうを見た。

「そういえば、竹中《たけなか》芽依って覚えてますか？　何度か居酒屋で一緒に食事したことあると思うんですけど」

「ああ、近所に住んでた子。覚えてるよ。真面目な子だったよね」

「そうです！　最近彼女離婚して、今一緒に住んでるんですけど……もう料理上手だし片づけ好きだし、最高です」

「莉恵子は働きすぎなんだよ。だって高校生の時は家事とかしてたし、部屋もキレイだったじゃないか」

「そうなんですよね。別に料理は嫌いじゃないんですよ。普通に作れますし。本当に仕事が楽しくて」

そう言って顔をあげると神代がやさしい目で莉恵子を見ていた。

「なんかずっと俺がさ、劇団の子役として無理矢理デビューさせたり、映画の端役として無理矢理使ったり、子どもが作る学芸会が見たいからってもぐり込ませてもらったり、なんなら勝手に監督したり、子ども向けの映画を見たいからって莉恵子と一緒に見に行ったりさ、わりと強引に映像業界に巻き込んだ気がしてたから……そうやって楽しそうにしてるのを見ると嬉しいよ」

「思い出すと、予想以上に神代さんに利用されてますね、私」

「昔から莉恵子といるのは楽しかった。それもあるんだ」

静かに電車がホームについて、影から光が満ちる。目を細めて顔をあげると、神代の茶色の髪の毛が逆光で光った。そしてめがねの向こうに、優しい視線が見えた。細められた視線は甘く、莉恵子をたっぷりと見つめて離さない。

心臓が素手でぎゅぎゅっと握られるように痛くなって目をそらす。

ホームドアが開いて、駅に降りた。冷たい風が髪を揺らして首を抜ける。

電車とホームの間にわりと空間があり、神代は自然と莉恵子に向かって手を伸ばして来た。

電車が発車するアラームを背に莉恵子は神代の手に、自分の指先を置いた。

体温を交換するように触れ合って、少しがんばって履いてきたヒールがホームにつくのと同時に、莉恵子は神代の手から自分の手を離した。

背中を電車が走り抜けて、神代のすこしふにゃりとした茶色の前髪を揺らした。

「行こうか」

神代は柔らかく莉恵子にほほ笑んで歩き始めた。

揺れるコートと灰色のマフラーと、ふわりと広がる白い息。

莉恵子は胸元の服を摑んで、胸をしめつける息を吐き出した。

手が熱くて、熱を逃がすようにグーとパーを繰り返す。

どうしよう、息が苦しい。

第七話　神代の想い

手にポタリと落ちたのが涙だと気が付くのに、少し時間がかかった。

古びた小さな劇場で、言葉にできない感情に襲われて、気が付いたらボロボロと泣いていたことを神代勇仁は今も覚えている。

高校の先輩が「伝説の劇らしいよ」と連れてきてくれた劇場は、ビルの地下にある小さな所で、椅子なんてドン・キホーテで五百円で売っているような丸椅子だった。

お尻は痛くなるし、狭いし見にくいし……「面白い作品なら、もっと大きな劇場でやってるだろう」とバカにしていた。

でも見終わった二時間後……どうしようもなくあふれ出す涙に顔を覆った。

世界を分断するような強い話なのに、心の奥をぐいぐいと摑まれて、責め立てられて、何も言えないのに、言いたくもない自分の意思を強制されるような強烈な劇。

間違いなく天才の仕事……脚本家の名前は、大場英嗣《えいじ》……全然知らない人だった。

連れてきてくれた先輩に頼んで、その場で紹介してもらった英嗣はおそろしく普通の男性だった。

「わあ、そんなに気に入ってくれてうれしいな。次？　次かあ……来年か、再来年か……なんならもっと先かも」

そう言ってほんわりと笑った。

話を聞くと、普通の会社で働いていて脚本は全くの趣味で書いていた。

公演があるのは『脚本ができた時』。それでも劇が決まるとチケットが即完売する脚本家……それが大場英嗣だった。

自分のことを多く語らないまじめな性格と、静かな知性、才能があるのに偉ぶらない人格にほれ込んで、勝手に付きまとうようになった。

半年ほどして、娘さんを紹介された。当時幼稚園だった大場莉恵子はクルクルと丸い目で俺を見て、腰に手をあてて仁王立ちした。

「おじさん、私いま、自転車練習してるの。みてて！」

当時高校生だったのに『おじさん』と呼ばれて「？」と思ったが、今考えれば妥当だ。

莉恵子は自転車に少し上手に乗れるとパアアと笑顔になり、転ぶと号泣して道路に転がるような素直な子だった。大嫌いな自転車の練習も少し先にある自販機で売っているアイスのためにになら頑張った。

上と横をぺりぺりはがして食べるアイスを食べながら、河原で遊んだ。

キラキラと光る川面《かわも》と、ぬるい風と、乾いた草の香り。莉恵子が歌うアメリカの妙な生物が暴れるテレビ番組の曲と、口の中に残るアイスの甘さ。

一緒に遊ぶようになって一年後……今もよく覚えている。

ペンキをぶちまけたような青空が広がる冬の日だった。

公園を歩いていたら、突然雪が舞い上がった。

世界の青に、真っ白な花が咲き乱れるように下から上に向かって、次から次に。

そして電話が鳴った。

青空に白い雪がゆっくり消えて、言葉にならないただの泣き声がひたすら続いた。

それはやがて叫びになり、漏れ出した感情になり、そのまま莉恵子は『神代さん、神代さん』と名前を呼び続けた。

何度も何度も「莉恵ちゃん、落ち着いて」と言ったが、何も伝えてくれなくて。

結局雪で濡《ぬ》れたハンドルを握りしめて自転車で駆けつけて、事実を知った。

大場英嗣は心臓発作で突然亡くなった。

なんの前触れもなく、部屋に倒れていたのが発見されたのだ。

色々手伝って挨拶して、やっと落ち着いて莉恵子の顔を見たら……笑ったんだ。

それはからっぽの感情が風に揺れて風鈴がチリンと鳴るような、そんな空虚な表情で。

瞳がゆっくりと震えて、もうこれ以上我慢できないように、大きな涙が零《こぼ》れ落《お》ちた。

そしてこれ以上耐え切れないように崩れ落ちるように神代にしがみついてきた。

莉恵子は泣いた。神代の胸元で爆発するように、それでいて小さな塊になって。

ただ抱き寄せて一緒に泣いた。神代もやっと心の奥底から、吐き出すように泣いた。

あの時、できる限り莉恵子の近くにいようと決めた。

小学校の卒業式に立ち会わせてもらって、中学の入学式も見に行った。勉強も教えて、話も聞いた。莉恵子が高校生になるまでは、本当に父親の気持ちで接していた。

高校に入学が決まって、制服で待ち合わせ場所にきた莉恵子は……視線の高さもあまり変わらず、完全に女性だった。

そして言ったんだ。

「神代さん、私もう、子どもじゃないですよ」

これは宣言だと思った。

父親として横に居続けた俺へ、もう子ども扱いしないでほしいという宣言。

そして同時に思った。

じゃあ俺たちの関係って何なんだよ？

どういう関係になりたいんだよ？

そこからギクシャクしはじめて……もう十四年。

神代は三十九歳になり、莉恵子は十歳下の二十九歳。当然だけど子どもじゃないし、それどころか……。

莉恵子は高いヒールをカンと鳴らして階段を登って、顔をあげた。

その頬がピンク色に上気している。

「神代さん！ やっぱりこの美術館は、ものすご──く長いですね。すごい、カッコイイ。やっぱり大きな建物はテンションあがります」

「莉恵子も昔から大きい建物が好きだよな。昔東京タワーに行ったの覚えてるか？」

「もちろんですよ。今も覚えてます、下から見た東京タワー、今も好きです。今度スカイツリー行きませんか？ 行っても行っても雲の中で先っぽを見たことがない」

「そりゃ運が悪いな」

「存在しないのでは……と思ってますよ、もう」

長い髪の毛を耳にかける莉恵子は、めちゃくちゃ美人に育った。

二十九歳に向かって『育った』というのは違うと分かっている。でも顔に昔の面影があって、やはり『育った』なのだ。

正しく言おう、すごく俺好みの女の人に、なった。

神代と英嗣と莉恵子は、三人でよく大きな建物をめぐって散歩していた。

今日も美術館というより、この建物がリニューアルオープンしたのを知り見に来たのだが、莉恵子も一緒に楽しんでいる。

「これ……どういう構造なんですかね。ここまで広い空間がどうして取れるんだろう」

「これは横の支柱がすごく太いんだよ。百階建てのタワーにも使える鉄筋らしいよ」

「それが横になってるんだ。ほわー！　こっちこっち！　登りたいです」

そう言いながら神代の袖を引っ張って、二階に行く。

昔から莉恵子は神代の袖をクイクイ引っ張る癖があって、それは変わらない。

神代はスマホを取り出して、写真を見せた。

「ここさ、ヤクルトの旧ビルなんだけど……見てよ、この階段。めちゃくちゃカッコ良くない？」

「こ、これは！　細い鉄骨を溶接して骨組みを作ってるんですね。カッコイイ……」

「もう取り壊しちゃうんだってさ」

「ええ?!　もったいない。階段だけもらえないんでしょうか」

「階段もらってどうするんだよ」

「家に……飾る？」

「あの家のどこに置くんだよ」

神代は笑った。ああ、やっぱり莉恵子と話しているのは楽しい。

莉恵子は写真を見ながら考えながら言葉を出す。

「でもあれですよね……こういう気合いが入った古い階段とかを見ると思うんですけど。これを作った人の想いがまずあって。どうしてこういうのを作ったのかなってすごく思うし、そしてこの階段を上ってた人たちがいる。この下でタバコ吸ったあとがありますよね。階段を見ながらどんなことを考えたんだろう。上がすけるから、下から手をふったのかな、とか、スカート無理だな、とか。それに、私たちみたいにただ階段を見て『もったいない』と思う気持ち。全部ふくめて、カッコイイんですよね」

神代はポカンとした。

物事の見方が多角的で……それはまるで英嗣と話しているようだったからだ。

初めて舞台を見た時には、衝撃《しょうげき》を受けただけで英嗣の脚本の良さを全く理解してなかった。でも仕事を続けてやっと「良さ」が分かるようになってきた。

英嗣の脚本は、ひとりの感情にひとりの話ではない。多くの視点でひとりの感情を描き出していくから、大きな物語になる。

その感情に気が付いた時、俺は泣いたんだ。

それと同じような、非常に高い所から見る視点を……娘の莉恵子が持っていると神代は確信した。

「莉恵子……次の俺の仕事、企画出してくれるんだろ？」

「お！　今ですね、超がんばってますよ。神代さん、私たちの企画わかりますかね〜〜。シークレットですよね、コンペ」

「楽しみにしてる。一緒に仕事したいよ。莉恵子、大人になったなあ」

「えっ、突然なんですか。ほら神代さん、カフェ行きましょう？　ここホットケーキあるんですよ。調べてきたんです。トッピングは五種類あって、生クリームとアイスとチョコとバターとシロップですよ。もう全部載せちゃおうかな。神代さんは？」

「シロップだけでいい……」

「盛り足らなくないですか⁈」

「莉恵子が美味しそうに食べてるのを見てるのが楽しいよ」

「あっ……もう、そんな……ズルい……」

莉恵子は口元をもぞもぞさせて、耳を真っ赤にした。めちゃくちゃかわいい。仕事視点の時は冷静なのに、女の子になるとかわいいなんて……ズルすぎる。

さっき電車を降りた時に指先に触れて、どうしようもなく自覚した。

俺は莉恵子を女性として好きなんだ。

そんなこと、とうの昔から分かってたけど。

ゆっくり息を吐き出して空に向かって聞く。

英嗣さん、俺、娘さんの彼氏になれるくらい、成長しましたかね？

そうすると、脳内に住みついている英嗣が笑顔で言う。

「まだまだじゃないかあ？　ここの詰めが甘すぎて意味が不明だなあ。なんでこう書いたのかわからないなあ。これで面白いのかなあ」

神代は苦笑する。

まだまだと分かってますよ、だから娘さんを貸してください。

娘さん、英嗣さんを受け継いで、ものすごく優秀です。

だから貸してください。一緒に進みますから。

神代は莉恵子の手を優しく握った。

莉恵子はピョンと驚くほど早い速度で神代を見て、恥ずかしそうに視線をそらした。

「！　神代さん、手……あの……」

「昔はよく繋いだじゃん」

「もう迷子になんてなりませんよ！」

「いや、俺が繋ぎたいから。ダメ？」

「あの……いえ、えっと……私も繋ぎたいです」

「良かった。行こう。確かにお腹すいてきたな」

「サンドイッチもあるんですよ」

莉恵子が神代の腕に軽くしがみついて来る。

ふわりと真っ黒な髪の毛が揺れて、甘い香りがする。

そしてまんまるで大きな瞳が優しくほほ笑む。それは昔自転車に乗って見せていた自
慢げな笑顔と変わらない。

莉恵子が好きだ。ずっと一緒にいたい。もう迷わない。

だからこそ一緒に仕事をして、頭に住みつく英嗣に勝つ。

そして堂々と好きだと伝えるんだ。

「飲むならビールのがいいな」

「昼からビール飲むと芽依に怒られますよ！　すっごく怖いんですから！」

「そうなん？」

俺たちはゆっくりと手を繋いで歩きはじめた。

第三章　蘭上、青春をはじめる

第一話　恋と梅酒とチョコミント

　玄関で物音が響いた。時計を確認すると二十時……あら、本当に莉恵子が帰ってきたのね、と芽依は思った。明日は日曜日だし、帰ってこないのも想定していたけれど。

　玄関の扉をガタガタと動かそうとしているけど、当然だけど鍵をしめている。鍵を探そうとしているのか、ガラス戸の向こうでワタワタ動いている影が見える。

　芽依は鍵をあけて玄関を開いた。

「おかえり」

「芽依！　ただいま！　あのね、超久しぶりに手を繋いじゃったああ～～」

　莉恵子は頬を真っ赤にしていて、なんなら目も充血している。

　興奮状態なのがかわいくて、玄関で笑ってしまった。でもその内容は「手を繋いだ」なのか。前から思っていたけど莉恵子の恋愛レベルは小学生だ。

　でも面白いので、話を聞くことにする。

「はい、まずコート脱いで？」

「マニキュアしといてよかったあ！　やっぱサロン通おうかな。そんな時間ないよお」

「はい、靴脱いで、手を洗ってから話そう？」

「お酒飲みながら話したいよお」

「軽く食べる？　鍋ならできるわよ」

「食べるー！」

莉恵子はやっと靴を脱いで洗面所に向かった。

芽依は切っておいた野菜セットを冷蔵庫の野菜室から取り出した。急に何か食べたいと言われても即対応できるように一人前ずつ野菜を切って入れてあるのだ。

これは雨宮家にいた時から作っていたセットで、冷凍庫に肉団子を入れておけば即鍋が作れる。洗面所で手を洗った莉恵子が台所に来た。

「うわぁぁ……やっぱり台所寒いね。台所用のガスファンヒーター買ったから明日届くと思う。ケーブルも一緒に入ってるから使って。ガス栓は……そこの奥だ」

「え？　台所用に買ってくれたの？」

どこの家でも台所は寒い。雨宮家も台所は寒かったが、自分のためだけに部屋を暖めるのはもったいない気がして、コンロの火などで手を温めていた。

莉恵子は冷蔵庫からビールを取り出して飲みながら口を開いた。

「今まで台所使ってなかったから、設置してなかったの。私が寒いんだもん、芽依も寒いでしょ」

「……ありがとう。助かるわ」

「もったいないとか考えないでどんどん使ってね。体調崩したら病院通ってお金かかったりしてコスパ悪いから。空調大切だよ」

「こうして台所に来てくれるのもうれしい。いつもひとりで食事作ってたから」

「違うよー、芽依に神代さんの話を聞いてほしくて付きまとってるんだよ～聞いて聞いて聞いてええ……」

莉恵子はビールを飲みながら台所を移動して、モダモダ暴れた。

台所は芽依にとって戦場で、常に何かを同時にする場所だった。

だからこんな風に話しながら料理するのは初めてで、それがうれしかった。

「神代さん、芽依のこと覚えてたよ。真面目そうな子って」

「え、私会ったことあるの？」

「あるんだな～。芽依は覚えてないと思うけど、あるんだな～」

「居酒屋で？　あそこ人の出入りが激しすぎて覚えてないわよ」

「何度も会ったことあるんだな～。一番印象的なのは、小学校の時の劇でさあ……」

「鍋できたから、こたつに行きましょ」

「はーい！」

食事をしながら語られる恋の話は本当に甘酸っぱくて、二十九歳でこんなかわいい恋愛ってありなの?!　と思うほど聞いていてドキドキしてしまった。

莉恵子はデザートにアイスを食べて、口にスプーンを入れたままこたつに倒れこんだ。

「このままがいい。恋愛なんてして、家に帰ったら神代さんいたら、死んじゃう……なんかしたら……死んじゃう……緊張して無理……」

「莉恵子さん、今どき小学生でもキスしてますけど？」

「はああ?! 前から思ってたけど芽依ちんはハレンチさんだよね！」

莉恵子はアイスを食べていたスプーンを振り回しながら叫んだ。

いやいや、二十九歳でこれはかわいすぎるし、子どもすぎる。

芽依は神代に同情した。でも聞いてるぶんには最高に楽しいし、良しとしよう。

＊

「じゃあ行ってきます」

「三日間ね。了解」

「色々届くかもしれないけど、部屋投げ込んでおいて」

「はいはい」

苦笑する芽依に見送られて、まだ暗い道を莉恵子は歩き始めた。

今日から三日間、千葉の廃校でロケが始まる。

神代と出かける前は、疲れで脳が溶けていくのを感じていたけど、あれ以来スイッチオン！　ものすごい量の仕事を一気に進めることができた。

やっぱり人間休まないとダメ。無理して働いても頭回らないし、効率悪すぎる。

蘭上からは相変わらずＬＩＮＥがきている。先日ついに莉恵子のお母さんとツーショット写真を送ってきて爆笑してしまった。どうやら週に一度顔を出して湯豆腐を食べてるらしい。お母さんはやせ細った美少年を太らせるのが大好きだから仕方ない。

そう考えると……横で運転している葛西を見た。

「葛西は体調も崩さないし、体力とかメンタル安定しててすごいね」

「俺、時間見つけてフットサルしてるんです。大学の時からずっとなんですけど」

うちのチームは基本的に運転をすべて葛西に任せている。丁寧な運転で、乗っていて気持ちがいい。それは本人のやさしい性格の表れだと知っている。疲れたら運転は荒くなりやすいけど、葛西はいつもコーナリングもブレーキも丁寧で安心できる。

「いいよね、フットサル。切り替えが早くて見てて楽しそう。絵的に派手だから、アイドルの企画に使えないかな」

「サッカーはボールが足元だから、カメラに向いてないいんだよ。顔が命のアイドルには難しいかなあ」

後部座席で眠っていた演出の沼田が起きて、あくびしながら言った。

クリエイターふたりは今日のロケ直前までひたすら作業をしていたので、ほぼ眠ったままの状態で車に乗せて転送してきた。振り向いて挨拶する。

「おはようございます！」

「おはよー。俺は好きだけどね、ショーパン女子」

「じゃあ手元にボールがあるラクロス女子とかどうですか？」

「ラクロス女子は服装がかわいいよね。でもあれ、スポーツとして難しすぎない？」

「そこは燃える球を投げあうドッジボールじゃないですか？」

　同じく眠っていた小野寺が起きだして言った。

「おはよう！」

「おはようございます。自分の胸元から生み出した闘志みたいなものをボールにして、目の前におる女の子に投げつけるんですよ。そしてスパークからの炎からの爆発！　燃やし尽くす！」

「なんか小野寺ちゃん、爆発多くない？　疲れてる？」

「疲れてなんてないです……意味不明なリテイクを燃やし尽くしたくないです……」

「やばい、沼田さん、さっき買ったたこ焼きを小野寺ちゃんにあげてください」

「もうぜんぶふたへちゃったけど？」

　沼田は口をパンパンに膨らませて空の容器を莉恵子に見せた。

それを見て小野寺は「たこ焼き……」と膝を抱えた。慌てて葛西がフォローする。

「次のPAで買いましょう、小野寺さん買いますから‼」

四人で朝の五時からワーワー叫んだ。

仕事はチームの空気が何より大切だが、今の四人は最高に楽しい。


千葉の廃校は高速出口から出るとすぐにある。

小学校をリノベーションした宿泊施設で、建物自体は本当にそのまま使われている。

黒板もロッカーも下駄《げた》箱も職員室もそのままだ。

古いのに新しい雰囲気が、莉恵子はとても好きだ。

一階には地元でとれた野菜やお土産が所せましと売られていて、給食室は食堂になっている。そこでいただく地元の食事はどれもおいしいし、地域の人たちの集まる場所になっている。今回ロケで使用するにあたり、この施設を二週間貸し切った。もともと県が持っているもので、値段も安いのも魅力だ。

スタッフの数が尋常ではないので、食事もすべてその食堂にお願いした。

莉恵子たちは撮影本番の三日間だけ現場に来たが、現場スタッフは一週間以上前から泊まっている。校庭が広くて機材も置きやすく好評だし、ここに決めてよかった。

車を停めて挨拶して回る。

「おはようございます」

「おはようございまーす！」

　もう作業を開始しているスタッフが笑顔で挨拶してくれた。

　ちなみに今は朝六時だ。ロケは基本的に朝早い。太陽がちゃんとある時間帯は、実は

とても短い。そのまま蘭上がいる部屋に向かう。蘭上はリハーサルが始まった二日前か

らこの学校に来ていると社長に聞いた。

　部屋をノックして入ると、めちゃくちゃ寛いでいる蘭上がいた。

「おはようございます。え、こたつ。持ち込んだんですか？」

「おはよう。これ家に買ったの。それ持ってきた。家の床も畳にしたんだ」

「ああ〜新品の畳ってすごく良い香りですよね」

「すごくいい。ほら、横入って」

「わああ……お邪魔しまぁす……」

　もう撮影が始まると聞いているけど、新品のこたつの誘惑に抗えない。

　ススス……と入って驚愕した。

「ヒーター部分が薄い！　そしてなんですか。このマイルドな暖かさ！　全方向から包

み込むような……はあ、最高ですね」

「あはは。大場さん、面白い。みかんどうぞ。これも社長が昨日買ってきた」

」

「うわぁ重たい。これ、おいしいやつじゃないですか、はぁぁんジューシー。これあれですよ、みかんの箱ひっくり返して裏から食べたほうがいいですよ。潰れちゃう」

「そうなの？　じゃあそうする。アイスも買ってきた。サーティーワンのやつ」

「?!　まさか母に聞きましたか?!」

「好物聞いちゃった。サーティーワンのアイスケーキ。今、食べちゃう？」

「朝六時からアイスケーキを?!　こたつで?!　そんなセレブライフ?!」

あまりのことにテンションが上がったけど……背中に視線を感じて振り向く。

すると葛西と小野寺と沼田と社長と撮影監督とマネージャーと制作数人がじ～～～っとこっちを見ていた。

「蘭上さん、二十個以上の目に睨まれてませんか」

「視線に負けないの。真面目と戦うんだ」

「ご存じないかもしれませんが、私仕事は真面目なんです」

「大場さんはチョコミントアイスに梅酒かけるって聞いたから、もってきた」

「はあああ～、これお母さん情報ですよね？」

「いっぱい聞いちゃった。ロケでお泊まりが楽しみで」

「やだこれ、村田商店の十年物の梅酒じゃないですか。めちゃくちゃレアなんですよ、お母さん簡単に出さないのに」

「くれた」

「ええ～～?!　甘すぎる、ズルい～～～」

我慢できなくなった葛西が莉恵子の服を引っ張りにくるまで、不真面目を満喫してしまった。最新のこたつがすべて悪い。あまりに最高だから今日の夜にでもヨドバシエクストリーム便決めようと決めた。


撮影が始まった。

こたつでモゾモゾしていた蘭上だったが、衣装を着てカメラの前に立った瞬間に別人になった。まさにメディアで見ている蘭上……莉恵子は素晴らしくて見惚《みほ》れた。

身体に響くとかではない、どちらかというと子どものような細い声なのに、まっすぐに澄んでいて、聞いていて楽なのだ。なにより素晴らしいのが、カメラに対する嗅覚だ。こう動いたらこう映っている……それをちゃんと理解している。

無駄な動きが少なく、撮影監督が欲しい絵を最速で積み上げていく。

……すごいなあ。

莉恵子はクリエイター的な才能は全くないので、素直に尊敬する。

しかし……暇だ。正直眠い。

撮影が見渡せる良い位置に席を設置してもらったが、実は撮影が始まるとやることがなくなるのだ。撮影まで『持ってくる』のがメインワーク、無事に始まればそれが最高！　つまり暇だと思える今は最高の状態だ。むしろ撮影時にバタバタする状態ではプロデューサー失格。私は合格。はあ、良かった。

しかし現場を離れるわけにはいかないので、撮影を見守ってます！　仕事してます！という表情をしつつ、他のメールを処理する。

最近は都内の会社から遠く離れてもネットワークが完全に整備されていて「ロケなので」といって他の仕事をしないという選択肢が消えたことを悲しく思う。

数年前中国に撮影に行くことになり、葛西と「中国！　いやあSNSオールNGの国ですかあ……こりゃ仕事できませんなあ」と飲みに行く場所をピックアップしていたら、電話番号に直接メールが入るようになった。アツアツの小籠包《しょうろんぽう》を投げつけてやりたい。

メールボックスを見ていると、いつも作業を依頼しているCGスタジオの制作さんからメールがきていた。内容は八割『ホットケーキの話』だ。

この制作さんと自称ホットケーキ部を作っていて、美味しそうな店を見つけては教えあっている。先日神代と行った美術館のホットケーキの感想を送ったので、その返信がきていた。そこには美味しそうな新規店舗が書かれていた。やはり浅草はホットケーキの聖地……近いうちに行かねば。この昔ながらのタイプにバターが一番好きなのよね。

撮影を見ながら真剣な表情をしているが、心のなかでよだれをたらしている。

読み進めると最後に追記が書いてあった。どうやら本当に伝えたかったのはこれだ。

『紅音さんも神代さんのプレゼン、出すらしいですよ。この前こっち来た時にさぐり入れてました。こっちは完全にオフレコにしたので大丈夫だと思います。撮影さんにも伝えておきました』

それを読んでため息をついて、背もたれに身体を預けた。

やっぱり来るか。

神代の仕事はかなり大きく、業界でも「出そうかな」という話をかなり聞く。

でもみんな、紅音を警戒していた。

パクられたことを言って回ったわけではないが、悪い噂が広がる速度はすさまじい。

企画の管理が更に厳重になり、A社の仕事をしてるからそっちは受けられない……という人たちも出てきた。

スタッフの囲い込みだ。これはスタッフにもお金が入らなくなるし、正直誰も得しない。持っていたペンをカチリと押す。

あんな力技でねじ伏せられるのは一回きりだ。もう次はパクられても叩きつけるしかないと思う。だって神代にぶつけるものなのだ。今回はもう逃げ道など準備しない。

「……なんかダメだった？」

考え事をしていたら、目の前に蘭上がいた。慌てて姿勢を戻す。

「いえいえ、最高です、めっちゃカッコイイです」

「見てないでしょ。今、ねこの被り物するシーン撮ってたんだけど」

「カッコイイねこって話です」

「見てて」

「はい」

莉恵子はカクカクと頷いた。かなり離れた場所にいるから気が付かれてないと思ったけど別の仕事をするのはやめよう。ていうか朝ごはん食べてないんだよなあ。撮影が終わったら食堂に行って何を食べようかな。やっぱり刺身、いや焼き魚……。

「大場さん、見てる？」

「見てます見てます！」

子どもはいないけど、ひょっとしてこんな感じだろうか。大変すぎる。

でも視線を送ると蘭上は柔らかくほほ笑んで、撮影を再開した。

大きく広げられた指先の繊細さと少年のような歌声に耳を澄ませる。

本当に気持ちが良い声……。うん、確かに見てないともったいないかもしれない。

「ええ……これ転覆したりしない？」

「あははははは、おにいちゃん、失礼だなあ。俺の腕を信用してくれよ」

「うわ……うわあぁ……」

蘭上は調子が良かったようで、社長曰く「いつもの二倍速」で撮影を進めた。

その結果、今日の撮り分は午前中に終わり、昼には時間ができた。

莉恵子は「できたら良いな」と思い、準備していた釣りに蘭上を誘うことにした。

蘭上は「え、なにそれ」と興味深々だったが、今は柱にしがみついて叫んでいる。

「ああ……あああ……あああ足元が揺れる……そんな……ばかな……」

「そりゃ移動してるからねえ、あははは！」

漁師のおじさんは蘭上が有名人だということは知らず、ただ美形のお兄さんだと思っていると思う。ちなみに莉恵子と葛西は、このおじさんと船に乗るのは五回目……わりとロケで船に乗るので慣れている。

「ぴえええん、めちゃくちゃ揺れます、これ何がどうなっておええええ……!!」

初めて漁船に乗ったという小野寺は床に座り込んで海にマキエを吐いている。

今日は海が荒れているから直前に食べるのはやめておけと言われていたのに、さっきたこ焼きを食べていたからだ。

「イサキ釣ったるぜえええ～～～!!」

演出の沼田が一番ノリノリで一番前に立って風を受けている。

「もう今日朝ごはんから食べ損ねて。これが朝ごはんですよ」

結構揺れてる船なのに、莉恵子の横でおにぎりを食べ始めた葛西が一番太い気がする。

さすがの莉恵子もこの船でおにぎりはアウトだ。

ポイントに到着して蘭上は渡された船竿《ふなざお》を持ってチョコンと座る。

冬とはいえ海上の紫外線は強烈だ。病気は完全に治っているが、撮影中に日焼けしたら怒られるので、全身スキーウエアのようなものを準備してきた。

大きな帽子をかぶって、一見エスキモーがライフジャケットを着ている状態だ。

日焼け止めスプレーもかけまくってきたので、これで大丈夫だと思われる。

蘭上は静かに待っていたが……横でおじさんが口を出す。

「今の。もう食べられたわ」

「え？　なにが？　何に？　どのように？」

「餌が、魚に、さっきの瞬間に！　だよ」

「え？」

言われて蘭上が船竿を持ち上げると……先っぽにつけた餌は消えていた。

「ぜんぜんわからなかった」

「集中して海をよく見る。そして手の感覚に集中するんだ。喰われるのは本当に一瞬。これは生きるための戦いなんだからな」

「はい！」

完全に楽しくなってきている漁船のおじさんと蘭上はふたりで「今！　遅い！」と楽しそうに釣りを始めた。

このおじさん、実は本も何冊か出している有名な作家さんだ。父親の古い友人で、今は釣りしかしていないマニア。だから信用して任せられる。

座って見ていると眠くなってきた……海の上で眠るのはとても気持ちが良い……大好きだ。

どれぐらい眠っていただろう……ふと気が付くと目の前に目をランランと輝かせた蘭上が来て魚をみせてくれた。

魚はビチビチと派手に動いている。どうやら釣れたらしい。

蘭上の目がきらきらと輝いていて、こっそり安堵した。

「魚なんて生臭くてやだ」と言われる可能性はゼロじゃないと思っていた。

蘭上は前に「学校に憧れている」と言っていた。それはつまり、修学旅行とかその手の物も全部行っていないのだろう。

だからなんとなく、年齢は離れてるけど皆で騒げたら……と思ったのだ。

喜んでもらえてよかった。

第二話　おとなみたいな何かに

命が手元で動いた。

摑んだ糸はものすごく細いのに強くて、その下にある命が大きく動いて、手が勝手に持って行かれる。自分の意思ではないものに、自分の手が動かされている。

目の前のすぐそこ、手元で命が、生きている。

蘭上はビチビチと跳ねる魚から目が離せなかった。

「ほら、ここ置いて。おお、良いアマダイだね～。ほれ、取れた」

魚釣りのおじさんが口元の針を取って、魚を渡してくれた。

すると胸もとでビチチチチッと魚が跳ねて、思わず魚を海に投げ込んだ。

おじさんが叫ぶ。

「うお――――い!!　はじめて釣れたのに！　お兄ちゃん、いいの？」

「いや……驚いて……でもなんか苦しそうに見えたから」

「あっちが家だからな。でもな、魚と人間は長く共存してるんだ。だから食べるならキレイに美味しく。お礼に海をキレイに。それが礼儀だ」

「うん。魚すき。きれいにたべる。でも今は……手元に命がくるのがたのしい」

「じゃあキャッチ&リリースだ。釣るのをメインでする人も多いんだぞ」

「それにする」

おじさんが次の餌をつけてくれて渡してくれた。これを海に入れて待つのも、予想以上にたのしい。

いつもは待つなんて大嫌いだ。待ち合わせも嫌いだし、電車を待つのが嫌いで乗らなくなった。待つのがたのしいなんて初めてで、ものすごくワクワクする。

「船を借りたので、釣りをしませんか?」と言われたときは「なにそれ」と軽く言いながら、生きた魚なんて俺、大丈夫かな……と思っていた。

実は猫も犬も「生きている物」が苦手なのだ。

いちばん怖いのが「人」だ。

病気で家と病院を往復して生きていた。その時の蘭上に接してくれた人たちはみんな優しかった。だから、この今は出て行けない、触れることができない外の世界を歩いている人たちも、きっと同じように優しいんだ。それを丹念に想像しながら生きていた。

でもそんなの幻想だったと、入学式の一日で知らされた。

すごくひたむきに、期待と願望をこめて描いていた世界は一瞬で崩れ去った。

自分と同じように肌の向こうに血管が見えるのに、そこにある意思は見えない。

何を考えているのか分からない、怖い。

病気で極端に皮膚が弱かったこともあり、先生以外に触れられることはすくなくて助かった。

今もメイクのために顔に触れさせたりしない。

人の体温もたぶん苦手だと思う。怖いんだ、全部が、今も。

魚釣りと聞いて警戒してたけど……手元に命がくる感覚はものすごく『面白い』。

そして気が付いた……俺って「何もしらないのにビビってるだけ」なのでは？

何もしらないで、感じないで、一度見えた世界にビビって、年齢だけ重ねたおとなの記号を背負った何かになろうとしてないかな。

今年で二十一歳になった。正直めちゃくちゃ売れてきて、もうすきな曲を発表できるだけで何も望まないくらいだ。

お金はもういい。そもそも使い道がない。家もあって部屋もあって、ごはんはみんながたべさせてくれる。

それ以上にお金って何につかうんだろう。欲しいものなんて何もない。そう思ってた。

でもこうして『体験にお金を使ってみて』驚いた。

俺の手って、何かに振り回されたり、自分の意思以外で動かされたことが、少ないんじゃないか？

ぼんやりしていたら、手が自動的に竿を引き上げていた。また手元でビチビチと命が動いている。

手元で動いてて、すごい。おじさんが近づいてきて持たせてくれる。

「タイミング摑んできたね」

「これ、逃がす前に大場さんに見せてくる」

蘭上は魚を右手で持って、莉恵子を探した。なんだかものすごく、生きている魚を持っている所を見せたかった。

探しても莉恵子はいない。あの人、撮影の時も半分くらい別の仕事をしていた。忙しいのはわかるけど、撮影がんばってるんだから、ちゃんとみてほしい。それより魚が死んじゃう！

莉恵子は船長室の椅子に座って目を閉じていた。寝ていると子どもみたいだ。

蘭上は近づいて魚を見せた。

「釣った。生きてる魚」

莉恵子は「?!」と起きてそれを見てほほ笑んだ。

「おお、それは良かったですね」

「釣ったの。釣った。釣り上げたんだよ。重たくて、振り回されて、俺、今、命を持ち上げてる」

莉恵子は「そうですね、それは命です」と身体を起こした。そして、

「顔、ビチャビチャされてめっちゃ濡れてますよ。魚って元気でたのしいですよねえ」

と蘭上のほうに手を伸ばしてきた。

手首に浮き出ている血管が見えて思わず身構えた。いつもなら逃げ出す、触られるのが怖い。でも右手にもっと強烈な生き物がビチビチと海水を飛び散らせて動いていた。

そしてその生き物は、手元でただ生きているだけ。

それ以上でもそれ以下でもなかった。

蘭上は莉恵子の手を静かに受け入れた。

その手は柔らかくて温かくて、ただの温度で、それ以上にやさしかった。

俺の肌の上で、体温がとけてまどろむ。莉恵子はほほ笑んだ。

「目には入ってないですか？」

「……うん、大丈夫。たのしい」

命、たのしい。俺、何もしらなかったんだ。

あぶない。俺、あぶなかったんだ。

何もしらずにおとなみたいな何かになって、お金って何につかうの？　っていうところだった。

お金って、ただ買い物できる何かだと思っていた。でも、なにかを感じるためにつかうんじゃないか？

お金、つかう。もっとふりまわされてみたい。

＊

これは一体……どうしたものか。

莉恵子は太ももの上に頭を預けて眠ってしまっている蘭上の処理に困っていた。

魚釣りから帰ってきて、さあみんなで刺身を食べよう～と蘭上の部屋に来たけれど、当然だけどこたつは四か所しか入れるところがない。

蘭上、莉恵子、葛西、沼田、小野寺。いるのは五人。

一か所ふたりになる。小野寺ちゃんとイチャイチャするか～～と近づいて行ったら、蘭上が自分の隣をパンパンと叩いた。

「大場さん、俺のとなりにきなさい」

ありがたいことに単独御指名頂き、隣で食べていた。

そして一時間後……蘭上は莉恵子の太ももの上に転がり眠ってしまったのだ。

朝早くから仕事していたし、午後は予想外の釣りで疲れたのだろう。はやく寝て体調を整えてもらうのはプロデューサーとしてありがたいけれど、この状態は困ってしまう。

仕方ないので社長にＬＩＮＥして待つ。明日も撮影があるアーティストをこたつで眠らせるわけにいかない。

数分後に社長が来た。そして蘭上の顔を見て小さな声で叫んだ。

「⁉　蘭上が⁉　メイクしてる⁉」

「そうなんですよ。突然『俺にメイクしてくれ』って言い出して。ね、小野寺ちゃん」

「そうです。もう私たちが持ってるメイク道具フル導入して顔塗りましたよ。いやあ、顔がいいと塗って楽しかったですよね」

「正直最高に楽しかったわ。メイクさんの気持ち分かる。てか。肌がねえ」

「もうレベルが違ってキレイでしたよねえ」

小野寺と日本酒を飲みながら「ぷりぷりなのよねえ〜」とため息をついた。

蘭上の肌は新雪のように柔らかく、どんな色を置いても馴染《なじ》むので、最後には歌舞伎役者みたいになってしまった。やっちまった〜と思ったのに、蘭上は自分の顔を鏡で見て「おれ、かわいい」とほほ笑んでいた。

かわいい？　完全に塗りすぎたけど、嬉しそうだからセーフ！

社長は蘭上のメイクを見て、すぐにメイクさんを呼んだ。

そして寝顔をまじまじと見て口を開く。

「蘭上はさ、今までメイクさせてくれなかったんだよ。俺、はじめてみたよ」

「そうだったんですか⁉　もったいない。最高に楽しかったよね、小野寺ちゃん」

「最高でした。蘭上歌舞伎作りたいです」

「歌舞伎全然わかんなーい！　でもたぶんカッコイイ〜〜」

小野寺と想像して楽しんでいるとメイクさんたちがやってきた。そして蘭上の顔を見て同じく驚愕。あっと言う間に数人男性が集まってきて眠っている蘭上をゆっくり布団の上に動かして、メイクを丁寧に落とし始めた。

申し訳ない、遠慮なく塗った。寝ると思ってなかったんだ。

そして布団の上に何か……空間が構築されていくのをぼんやりと見守った。

どうやら蘭上はこの教室空間にテントのようなものを張って眠っているようだ。

教室は空間が広くて空調管理が難しく、喉が大切だから気を使っているのだろう。

ていうか普通のホテルを予約してなくてごめんなさい。

バタバタとテントの準備をしている横で、もう酔っている莉恵子たちはお酒を飲み続けた。メインの仕事は蘭上の面倒を見ることなので、今日はもう店じまい！

もう完全に酔っている葛西が刺身をたべて口を開いた。

「ていうか、莉恵子さん。聞きましたよ、紅音さん、神代さんの出してくるらしいじゃないですか。大丈夫なんですか？　ＣＧ会社カブってますよね」

「できる限りの対応はしたよ」

莉恵子はビールを飲んで答えた。

葛西はビールの缶をグシャリと潰した。

「甘すぎなんですよ、莉恵子さんは甘い。あれほど見事にパクられて野放しにして……もう全部ブチまけて同じ業界にいられないようにすべきです。甘すぎです」

葛西がヒートアップしてきたので、莉恵子は制す。

まだ部屋には蘭上のスタッフが作業しているのだ。

「これ……見てほしいんだけど」

莉恵子はこたつの真ん中にiPadを置いた。そして別の会社から送ってもらった紅音の作品を流した。それは莉恵子たちのチームに入って作業していた時と、同じくらい良い出来のものだった。葛西はこたつに顎をついて口を尖らせた。

「これは……いいと思いますけど……でもこれもパクリかもしれないいんですよね」

「そこなの。わかる？　紅音は一度悪評を広めたことで、何を出しても『そう思われる人に自らなった』のよ」

「自ら首しめたってことだよな。俺も一生仕事したくないもん」

沼田はお酒を飲みながら言った。横で小野寺も頷いている。莉恵子は続ける。

「パクられたと外に向かって叫ぶことはプラスにならない。周りが勝手に紅音を落としていくから、何もしないほうが私たちの評価が上がるのよ。他のひとたちはバカじゃない。葛西は優しいから、どうしても気持ちが引っ張られる。それは全然わるいことじゃないのよ。でもここは、利益と感情と状況を分けよう。イヤだよね、私もパクられたのはいやよ。なにより仲間だった紅音にねえ」

「……すいませんでした」

葛西は眉をさげてしょんぼりとしてしまう。

莉恵子は蘭上が持ってきた高級みかんを勝手に取り出して食べ始めた。

「葛西のそういうところに救われてるよ。私は立場上言わないようにはしてるから」

「莉恵子さん……俺……俺っ…………飲みすぎて気持ち悪くなってきました……」

「おおお――い、葛西行くぞ、ここトイレ遠いんだよ!!」

葛西が沼田に引きずられて消えて行くのを小野寺と苦笑して見送った。

ご飯もろくに食べずにハイペースで飲むから。あとでキャベジン渡しておこう。

小野寺はみかんを食べながらほほ笑んだ。

「莉恵子さん、私がんばりますから。最高の作りましょうね！」

「がんばろう。あ、サーティーワンのアイスケーキもあるってよ？　食べちゃう？」

「ええ～、もう太っちゃいますう～困りますう～～」

莉恵子と小野寺はふけていく夜にこたつでアイスケーキを食べた。

しかし気が付いていたが……ここは蘭上の部屋だ。もうそろそろこのこたつを出て、こたつがない自室（教室）に行かなくてはならない。

ああつらい……莉恵子はこたつに入りこんだ。

スマホには芽依から『なんで突然こたつが新品で届くの?!』とＬＩＮＥがきている。

さすがヨドバシエクストリーム便……仕事が速くて優秀です。

第三話　青春と甘い指先

次の日も蘭上の調子は良かった。

社長も「こんなにモチベーションが高いのは初めてみた」と嬉しそうだったけど、単純に莉恵子たちと遊びに行きたいのが見ていて分かる。

今朝も撮影が始まる前にトコトコ寄ってきて目を輝かせていた。

「今日もはやく終わったら、あそびにいける？」

それは小学生が『今日学校終わったらザリガニ釣ろうぜ〜』と言い出すのと同じような表情で。今日はゆっくりしようと思っていたけど、蘭上が遊びたいと言うなら……。

「車で少し行ったところにある寺に行きましょうか。大きな鐘があって自分で鳴らせるらしいですよ」

「鐘！　ゴーン？」

「座禅ができるらしいですよ」

「正座したことない」

「ええぇ?!」

「がんばる。まず終わらせる」

蘭上はそう宣言。昨日もそれなりに飲んでいたのに、朝六時からバリバリと撮影をこなしている。

「俺、このカットは逆光で撮ったほうがいいと思う」

「じゃあワンテイク入れときましょうか。たしかにインサートで使えるかもしれない」

蘭上は沼田や撮影監督と相談しながら、仕事を進めていく。

プロとしての意識も高く、正直蘭上を見直した。やっぱりちゃんと仕事するからこそ、遊びは楽しいし、こたつで寝るのが気持ちよいのだ。

メイクも気に入ったようで、次の作品からは色んなメイクをしてみたいと話してくれた。今までしてなかったのが驚きだったけど、社長やメイクさんたちが大喜びだったから良かった。できる役柄も増えると思う。

撮影は順調に進み、結果毎日早あがり、三日間連続で遊びに出かけた。

寺では鐘をつきまくって大興奮、長すぎる階段に心折れた。人生初めてだという座禅……蘭上は誰よりもうまくこなして、なぜか葛西が一番ダメで笑った。

次の日は滝がゴールにある山道を散策した。綺麗な葉っぱを集めて歩く姿は本当に小学生みたいだった。

そしてクランクアップ……あっと言う間に撮影の三日間は終了した。

「蘭上さん、これで撮影終了です。おつかれさまでした！」

「おつかれさまでした！」

大きな拍手と共に花束が渡された。

蘭上は花束を抱えてトコトコと莉恵子のほうに来た。

その表情は完全に落ち込んでいる。さすがに分かる……もう遊びに行けないのが淋しいのだろう。蘭上は眉毛を下げたまま、尖らせた口を開いた。

「さみしいけど、俺、ちょっとひとりでお金つかって、なにかにふりまわされてみる」

「蘭上さん、知ってます？　自分のためだけに生きたいと思うのが青春の始まりなんです」

これは持論だ。逆に誰かのために生きたいと思ったら青春終了。

莉恵子は仕事始めた時に青春が終わったなあ……と感じた。

だから今、目を輝かせて毎日を楽しんでいる蘭上が眩《まぶ》しい。

「じゃあ、俺、青春はじめる」

「いいですね、青春」

莉恵子は自分のためだけに生きる楽しさも知っているが、もう『チーム』で生きる楽しさを知っている。正直今回仕事をかなぐり捨てて蘭上と遊んだのは『私たちチームを気に入ってもらう』ためだ。そんなことは蘭上も分かっていると思う。

でも……莉恵子は手を伸ばした。すると蘭上は少し戸惑って手を握り返してきた。つめたくて細い指先。優しく両手で包んだ。

「蘭上さんが人気ある理由がよくわかりました。プロ魂、すばらしいです」

「えへへへ。うれしいな。これは本当の気持ちだって俺わかる。うれしいな」

「そう、これは本当の気持ちです」

「居酒屋は行ってもいい？」

「それは母に聞いてください。そしてあの梅酒の残りください」

「残ってないよ。昨日葛西くんが全部飲んだもん」

「あら、死刑ですね～～」

蘭上は莉恵子の袖を引っ張ったまま「死刑？　死刑？」と楽しそうについてきた。

接待で遊び回ったとはいえ、やっぱり可愛い。

ロケが終わったことを少しだけ淋しく思った。

まあそれを掻《か》き消《け》すほどの仕事がたまったけど。毎日遊び回りすぎた。

「家に帰ったら五秒で寝られる……もう無理だ……」

ロケが終わり会社に戻ったら、机の上が見えないほど書類が置かれていた。

『至急』という付箋紙が、椅子や机にお札のようにはってあり、無視もできず帰ってきた身体に鞭《むち》打って片づけて会社を出た。

もう疲れすぎて頭の中心に巨大な棒が刺さっているような状態になっている。

これは本当に疲れた時だけおこる症状で……つまり限界だ。

送るという葛西の申し出を断って（葛西も限界なはずだ）駅に向かうとポンとLINEが入った。また仕事か?! と見ると、神代だった。

え?! 莉恵子は立ち止まって即開いた。すると、

『お嬢さま、送りましょうか？』

と書いてあった。

へ？ 顔をあげて見渡すと、会社の前に車が止まっていて、その中に神代がいた。

莉恵子は慌てて乱れていた髪の毛を手櫛《てぐし》で整える。

「私、今、ボロボロで、ちょっと……！」

完全に予想外の遭遇に、もはや挙動不審、荷物を抱えて右往左往してしまった。

神代は車をおりて莉恵子のほうにきた。

会社に戻った時点でコンタクトも取ってめがねにしてるし、メイクも落としてるし……正直はずかしい。

うつむきながら顔を背けて、小さな声で「おつかれさまです」と挨拶する。

神代は莉恵子の荷物を車に積みながら口を開く。

「近くのCG会社に打ち合わせに来たついでに覗いたら莉恵子がフラフラと出てくるからさ。乗りなよ、送るよ」

「でもあの、私ボロボロなんですけど……」

「高校入試の時もそんな感じだったよ。今更気にしない。めがね、なつかしいよ」

「視力が落ちすぎて、めがねが重たくてコンタクトにしたんです。じゃあすいません、えっと……家までお願いします……」

「ほい、帰ろう」

車に乗り込むと、ものすごく神代の匂いがして「ひええ」とひそかに唇を噛んだ。

家に出入りしていた頃、神代は車を持ってなくて、車に乗せてもらったのは初めてだ。

神代は身長が高くて腕と足が長いので、運転してると……かっこいい。

でもじろじろ見てるのがバレるのが恥ずかしくて、横目でチラリと見る。

「神代さんが運転してるの、はじめて見ます」

「維持費が高いからなあ。結局買ったのは監督はじめてからだもん。莉恵子も運転好きそうだけど」

「好きですけど……乗せてもらうほうが好きです」

特に神代さんが運転してる助手席にいるのが……という言葉を飲み込む。

車の中、寒いから着てなよと渡された上着は、もうどうしようもないほど神代の匂いで、それを抱きしめた。

中学生の時、ものすごく寒かった日に神代がコートを貸してくれて、それが温かくて好きだなあと初めて自覚したのだ。

莉恵子は嬉しくなって上着をモソモソと着た。前も閉じたい。腕が長いから腕先まで隠れる。

中学生の時も「腕が隠れるー」って遊んだ。何も変わってないのに、心の中はぜんぜん違う。神代が好きで好きで、仕方がない。

夢中で着て横を見ると、信号待ちの中……ハンドルを握ったまま。静かな瞳で莉恵子を見ている神代と目があった。

思わず後ずさると、めがねが思いっきりズレた。それを慌てて顔に戻す。

「!! すいません、ちゃんと、着たくて」

「いや、うん。シートベルト、直すね」

「あ、はい」

上着を着たことによりクシャリとなっていたシートベルトを神代が直してくれた。

莉恵子が上着を引っ張ったところに、神代の指先がきて、指が触れあって、温度が伝わる。神代の指先が莉恵子の指先に絡むように、気持ちをうかがうように、一瞬握った。

身体の中心に火が入ったみたいに熱くなって、指先を丸める。

クラクションで慌てて動き出した車の中で神代は言った。

「莉恵子、指先つめたいな。ポケットの中にホッカイロあるから触ってなよ」

「……はい」

莉恵子は上着のポケットの中の、もう固くなっているホッカイロを握り、固くなっている中身を指先でぐりぐりとほぐす。……落ち着かない。

そして暗い車の中でライトに照らされる甘い輪郭を盗み見た。細くて長い指が、トン……とハンドルを叩いている。

節が大きな指が、昔からものすごく好きだった。そしてスクエアな爪。見てるだけで胸の真ん中がぎゅーっと絞られたように痛くなる。

ああ、あの指に、もっと触れたい。

神代さんに、触れたい。

莉恵子はどうしようもない安心感と、指に触れた感覚を思い出して深く息を吐いた。

三十分ほど走って家に到着した。

「ありがとうございました！」

頭を思いっきり下げたら、再びめがねがズルリとズレて、それを片手で戻した。

車の中から神代は目を細めてほほ笑んで、大きな右手をふいふいと動かして去って行った。

小さくなっていく神代の車を見送る。

「持って行きなよ」と言われて渡されたホッカイロは、指先で散々揉《も》んだのでまた温かくなってきて、それを頬にあてる。

やっぱりすごく神代さんが好きだ。

振り向くと家に電気がついていて、それだけで嬉しくなった。

家に芽依がいる！　話を聞いてほしい。たくさん聞いてほしい！

莉恵子が玄関の鍵を出そうとしたら、玄関がカララッと開いて芽依が顔を出した。

「莉恵子おかえり」

「ただいまー！」

芽依がもう玄関で待っていてくれた。

しかしなにやらイラついているようで、莉恵子の荷物とコートを強引に受け取った。

眉間に皺が入っているぞ？　どうした？　芽依は片方の眉毛を上げて口を開く。

「もう今日は私も聞いてほしいことがあって待ってた。聞いてよ！」

「お？　なになに？　聞くよおお～～！」

部屋に入ると新品のこたつがセッティングしてあって晩御飯がつくってあった。

滑り込むようにこたつに入る。あ～ん……やっぱり新品のこたつは最高だ。

「莉恵子聞いてよ、学校見学いってきたんだけど、ひっどいのに会ったのよ！」

芽依は莉恵子の肩を掴んでガタガタ揺らす。

なんだ激しいぞ⁈　お腹すいたぞ⁈　そこのご飯は食べてもいいのか⁈

第四話　芽依の出会い

「この山の上にあるの。それは……それは……」

芽依は莉恵子が教えてくれた私立小学校……菅原《すがわら》学園の最寄り駅に来ていた。

サイトや口コミを見たりしたが、調べれば調べるほど興味が湧いた。

まず教師の評判は『大変だ』というのが多かった。

この学校には「授業」と呼ばれるものはない。授業はすべて動画で撮影されていて、それを見て学ぶ。動画の後に出てくるテストでチェックして、それを単位として管理しているようだ。午前中のみ教師が学校に滞在して、疑問がある時はその時に聞く。

そして教師のメイン業務は生徒たちが個別にしている活動の補助となる。

これがかなり多種多様で、部活だけで数十種類あった。それに対応するのが大変で、志が高くないと続かない……普通の小学校のほうが楽だという書き込みを何個も見た。

生徒側からは『ここじゃないと卒業できなかった』と褒め言葉と『普通の学校じゃない』という批判の言葉が交互に並ぶ。

合う、合わないがハッキリしている場所だと理解した。

それなら一度見てみよう。

問い合わせてみると「いつでもどうぞ！」ということなので、莉恵子がロケに行っている間に見に行くことにした。

しかし坂道がきつく、登山に近い。山の上の方に学校があるのは見えるが、遠い。

芽依はあまり体力があるほうではない。教師はみんな車で来るのかしら……ゆっくりと歩き始めた。

見学可能な時間帯を確認したら「入り口で名前と住所書いてもらってＰＡＳＳ持ってればいつでも！」という気楽さだった。

結桜が通っていた公立小学校は、入り口すべてに鍵がかかっていて、その番号を知っている人しか入れなかったのに、ずいぶん緩い。

最近は怖い人も多いし、そんなセキュリティーで大丈夫なのかしら……と思いながら、ふらふらと坂を上る。

疲れた……と思って横を見ると、坂の途中に『おつかれさまの椅子』というのが置いてあった。それは小学生が使う小さな椅子で、カラフルなペンキが塗ってある。

「なんて完璧な位置に……ちょっとお休みさせてもらおう」

言葉と動きが完全におばあちゃんだ。

椅子に座ると、遠くまで見渡せて、山の中腹まで来たのだと分かる。

気持ちが良いけど寒いわね。両ポケットにいれてきたホッカイロを握る。

莉恵子は貼るホッカイロと、普通のホッカイロと、マグマみたいに熱いホッカイロと、足先に貼るホッカイロ……すべて定期便にしてたようで、これ以上ホッカイロが家にあったら爆発するんじゃないかと思うほどホッカイロがあった。

だから長時間出かける時は持ってきて消費することにしてる。

ポケットに小さいのがふたつあるとあったかい。

それを握って立ち上がった。さあもう少し頑張ろう。

歩き始めると、まず高校が見えてきて、自転車置き場が見えた。

そこに人影が見えた。

高校生くらいの男の子と、小学生くらいの子ども。どうやら自転車を修理しているようだ。小学生の子はTシャツ姿で自転車をいじっている。それを見ている高校生くらいの子もTシャツ姿だ。見ているだけで身体が冷えてくる。若さがすごい。高校生の子はサッカーボールに座った状態で、子どもが自転車を直しているのを見ている。一緒に遊ぼうと待っているのだろうか。邪魔にならないように行こうと歩き始めたら、目の前にコロコロ……とボールが転がってきた。

「あ――――！」

高校生の子が叫ぶ。

芽依の目の前にボールが来たので、取れないかなと動いたが、膝がカクッとなった。瞬時に動く運動神経はなかった。ボールはコロコロと坂を転がり下りていく。

高校生はパッと走り出した。そして風をまとっているように坂を走り出して芽依に向かって叫ぶ。

「そこの子、見てて！」

「え、はい！」

高校生はズダダダダと一気に坂を走って降りていく。この坂は本当に急で、ボールは一気に見えなくなっていく。でも坂は途中で大きくカーブしていて、突き当たりは森だからそこで止まるだろう。

芽依は言われた通り、自転車を触っていた男の子に近づく。

男の子は真っ黒な軍手をプラプラさせて呆れている。

「もう航平《こうへい》はさあ、いつもボールをコロコロ下に落とすの。これで十回目くらいだよ」

「それはさすがに回数が多いわね」

「ほんそれだよ。あー、戻ってこない。見に行こ。てか、誰かのママ？」

「違うわ。見学」

「そっかー！　あとで俺が学校連れてってあげるから、航平探し手伝ってよ。俺は小四の安藤篤史《あんどうあつし》、よろしくね！」

男の子は軍手をズボンのポケットにねじ込みながら言った。

芽依も挨拶する。

「竹中芽依です。小学校の先生の資格を持っていて、働くところを探してるの。だから見学にきました」

「先生かー！　うちの学校最高に楽しいから、入るといいよ」

話しながらゆっくりと坂を下る。

というか……航平と呼ばれた人は大丈夫だろうか。この坂道はつづら折りになっていて、坂の突き当たりは森のような感じになっている。

そこにボールが落ちたとしたら、結構飛んでいきそうだけど……。

篤史は坂を下りながら声をかける。

「航平ー！　あったー？」

「あったあった。でも足首ひねったわ、痛い。それに疲れた」

「バカすぎるっしょ！」

航平と呼ばれていた人は坂の下……森の中で座り込んでいた。靴が脱げていて遠方に転がっている。ボールは手元にあったので、見つけることはできたようだ。

篤史が降りていくので、芽依も一緒に行くことにした。

坂の上に学校があると知っていたので、スニーカーできたのが功を奏した。

ボールを受け取って坂の上に置いて靴を持ってくると、靴下にヤブハギと呼ばれる三角の雑草が山ほどついていた。それを見て篤史がため息をつく。

「あーあー。また山ほどついちゃったじゃん。近藤《こんどう》さんに怒られるぞ」

「仕方ない」

立ち上がった航平に、芽依はカバンからウエットティッシュを出して渡した。

「ヤブハギはこれで拭くだけで取れるのよ」

「ええ？」

「やってみて？」

そんな簡単に？　と航平は完全に疑っていたが、ウエットティッシュで拭き始めるとポロポロとヤブハギは取れた。昔莉恵子が「早く帰りたいからスーパーショートカットしよ！」と言って、雑草だらけの空き地に乱入して身体中にこれをつけた。

自分で入り込んでつけたのに「お母さんに怒られるう……」と泣くので、調べたのだ。この方法だと驚くほど簡単に取れる。

「すごく簡単に取れるな！」

航平は目を輝かせた。篤史は調子に乗って楽しそうに飛び跳ねた。

「えー。知らなかった。じゃあ航平ここで転がりなよ！」

「よっしゃ――――！」

航平は、その場に転がって身体中にヤブハギをつけた。

芽依は「このノリ……懐かしいな」と心の中で苦笑した。昔から「しっかりしたい」と思う欲がものすごく強くて、クラスのふざけた男子たちが苦手だった。

行動の九割が理解できない。どうして授業中に騒ぐのか、どうして先生のいうことを無視するのか、どうして牛乳を一気に飲んで吐くのか、どうしてわざと雑草をつけるのか。

芽依は作り笑顔をして立ち上がりながら言う。

「ウエットティッシュはあげるわ」

「おーい、ちょっとまて、学校行くんだろ――？」

航平は頭の先っぽまでヤブハギをつけて、ヒョコヒョコ歩いてきた。

足首を痛めたのは本当なようなので、芽依は手を出した。すると航平はその手を力強く握って崖を登った。

なんとか道までは戻ったが、足首が腫れているように見えた。

この坂はわりと上るのが大変なので、その状態では無理そうだ。

「私、今から学校の見学に行くから連絡してくるわね」

「すまんが頼む。近藤が車出してくれるはず」

「おっこられるぞお〜〜〜〜」

篤史は芽依の隣で楽しそうにキャハハハと飛び跳ねながら笑った。

結局航平を残して、篤史と山を登った。さすが小学生……ものすごく歩くのが早くて正直「途中で休ませて！」と思ったけれど、プライドが邪魔して言えなかった。無理に平然とした顔を作って坂を上る。つらい、体力戻さないと！

篤史は「こっちだよ！」と駐車場に連れていってくれた。

そこには高そうなスーツを着て、黒縁《くろぶち》のめがねをした方が車を洗っていた。芽依は会釈する。この方が近藤さんだろうか。篤史はその男性に駆け寄った。

「近藤さーん、航平が坂の下で怪我してるよー！」

「わかりました」

近藤はきっちりとした角度で会釈して、車を発進させた。

良かった。これで一安心だ。見送った芽依の顔を篤史が覗き込んだ。

「見学でしょ？ いこー！ 俺のおすすめは、屋上庭園。景色が最高にイケてるからね！」

「その前にPASSをもらってくるわね。でも屋上庭園は最後でいいかも」

正直屋上まで上る体力があると思えなかった。今はちょっとゆっくりしたいと思ったが、篤史は「じゃあ事務室だー。こっちこっちー！」と芽依を引きずっていく。

結局最初に屋上庭園で眺めを見せてくれて、そのあと地下の食堂でオススメのランチ紹介、休憩なしに三階にあるカフェテリアでアイスを教えてもらって、体力は終了した。

おもしろい所しか案内したくない篤史は、

「じゃあ最後。ここが一番おもしろいところ！」

と再び芽依を屋上まであがらせた。そして庭園横の部屋に連れ込まれた。

もう無理！ ふらふらしながら部屋に入ると、奥に庭園が見える豪華な部屋だった。

しかし部屋の側面に大量のレゴブロックが飾ってある。

完全に作られているもの、まだ作り途中のもの……とにかくすごい量だ。昔ショッピングモールにあるレゴショップを見たことがあるが、そこに似ている。

すごいわねと思って見ていると、庭園の入り口が開いて髪の毛に大量のヤブハギをつけた航平が入ってきた。篤史が駆け寄る。

「航平、足大丈夫？」

「軽い捻挫だ。すぐ直る。竹中さんの案内をありがとう。もうそろそろ給食だぞ」

「あ～、お腹すいた。じゃあね、竹中さん、学校きてね、約束だよ――！」

そう言って篤史は部屋から出ていった。

はあぁ……疲れた。芽依はやたら大きなソファーに脱力するように座った。

航平は机にチョコンと腰かける。

「色々ありがとう、助かった」

「いえいえ……」

そう言って顔をあげて航平のほうを見ると、机に『学長』と書いてあるプレートが置いてあった。それを見て慌ててソファーから立ち上がる。

「ここ、学長のお部屋ですか。そんな勝手に……すいません。失礼します」

「ああ、大丈夫。学長は俺だし、学長の部屋っていうか、レゴルーム？　レゴ好きか？」

「はい……？」

「俺レゴ大好きでさあ。どれだけ買ってもたりないよ」

「学長さん？　高校生じゃなくて？」

「酷いなあ。俺もう二十五歳だよ。仕事がデキる超学長！　竹中さん面接受けに来たんだろ。よっしゃ合格だ！　明日から来てよ」

「……考えさせてください」

「試験受けるんでしょ？　はい、合格」

「……考えさせてください」

一番苦手だったアホな男子学生のノリ……それをまた見せられるだけで疲れ果てていたのに、それが学長。ということは、この学校はそういう学校ということだ。なるほど……芽依の結論は「疲れそう」だった。

一度考えます……と断って学校を出た。

もうめちゃくちゃ疲れた……。

よく考えると今日は莉恵子がロケから帰ってくる日だったので駅前で色々買い物した。そして無心で食事を作り続けた。レゴルームが学長室って何なの？　それを良しとする学校ってどうなの？　超ワンマンってことだよね。やっぱ無しだわ。

学校の雰囲気は嫌いじゃなかったけど、ワンマンは基本的に良いことがない。

考えながら作業していたら、手元には大量の白菜が切り終わってた。切り足らない……漬けるか。

そして帰ってきた莉恵子に愚痴り倒した。どうなの？　その学校は！

莉恵子は笑いながら聞いてくれて「私は楽しそうだと思うけどなあ」と言った。でも芽依的には納得できない。とりあえず普通の公立小学校も見学しようと決めた。

第五話　さあ終わりを始めよう

吸い込んだ空気はキンと冷たいけど、肌に降り注ぐ太陽は温かい朝。

鳥のさえずりが、ほんの少しだけ近くに来ている春を知らせている。

莉恵子は、手桶《ておけ》と柄杓《ひしゃく》を持って歩き始めた。朝一番の霊園は人が少なくて、石畳を歩くヒールの音が高く響き渡る。

そしていつも通り、大場家と書かれたお墓の前に座って軽く挨拶して、掃除をした。

お供えはジントニック……お酒の缶だ。

お父さん……大場英嗣は冬でも毎日これを家で飲んでいて、たくさんストックしてあったのを今も覚えている。それを楽しそうに飲んでいる笑顔も、簡単に思い出せる。

先週お母さんが墓参りをした時は、焼き鳥の缶を持って行ったと聞いた。

だからこれで完璧。飲んでゆっくりしてよ。

莉恵子はお線香を上げて合掌した。

白檀《びゃくだん》の、気持ちの奥をこするような香りが冷たい風に乗って広がる。

その空気をゆっくり吸い込んで、静かに話しかける。

……お父さん、今日はね、話したいことがあってきたのよ。明日大きなプレゼンがあるんだけどね、なんとその相手は神代さんなの。もし上手くいったら一緒に仕事できるの。応援してね。

身体にまとわりつくように残るお線香の匂いに少しだけ目を開いた。

白い煙がふわりと『大場家』という文字の前に広がって消えていく。

神代にプレゼンする前に、どうしてもお父さんと話がしたかった。だって、お父さんはずっと神代の面倒を見て可愛がっていた。そして娘の莉恵子。もし生きていたら……全力で応援してくれたし、この状況をすごく喜んでくれたと思う。

なんだか、自分で報告しておいて『存在しない現実』に胸が痛くなってきた。

莉恵子は再びお墓の前に座り、手を合わせた。

……とにかくがんばるから、見守っててね。

これならきっといつものようにふにゃりと眉毛をさげて「わかった」って笑うはず。

「……よいしょっと」

莉恵子はお供えの缶をリュックに戻して、手桶と柄杓を持って立ち上がった。

歩き始めると、同時にスマホが鳴った。見ると葛西だった。

『莉恵子さん、どこですかー、打ち合わせ始まりますよ』

「すぐ戻る」

莉恵子は答えて歩き始めた。さあ、がんばろうか。


そしてプレゼン当日の朝。

莉恵子は大きな鏡の前に立って全身をチェックした。うん、大丈夫そう。

そこに芽依が来たので呼び止めた。

「私今日、すっごくがんばらなきゃいけない日なの。どうかな、今日のメイクとか服とか、変じゃない？」

「じゃあ……いいもの見つけたのよ。ほら、掃除したら出てきたの」

「！　高校受験の時にこっそりしていったネックレス！　どこでこれを?!」

「こたつの下。マット洗濯したら出てきたわよ」

無くしたことさえ忘れていたけど、見ると懐かしい。

芽依にそれをつけてもらって、くるりと回って見せた。

「どう？」

「うん、良い感じ。莉恵子は先生の九割が『絶対無理だから、やめてくれ』って断言した高校に願書出して合格した人でしょ」

「え……そこまで言われてたの、知らなかった」

「だから大丈夫。夜ごはんウナギにしない？　久しぶりに食べたい気分なの」

「ええええ、食べたい、すっごく食べたい、がんばる、がんばるよ！」

芽依に見送られて外に出た。今日もそれほど寒くなくて抜けるような青空が気持ちがよい。芽依はもう冬は終わったからこたつを片づけましょうとか言うんだけど、こたつは五月まで片づけないと決めている。

毎年五月のGWに片づけて九月には出す。こたつに布団がないとさみしくて仕方ないのだ。夏用のこたつがないかと調べたら、冷風が出てくるものがあったけど違う、そうじゃない。

今日のプレゼンは、撮影するための巨大スタジオで行われる。

噂によると数社がかなり大掛かりなものを持ち込んでいるらしく、美術界隈《かいわい》がザワザワしていた。最近はCGで作って見せるのが普通だったけど、たしかにセットを作って見せてしまえば見栄えはする。

莉恵子はワクワクしていた。単純に色んな人の企画が見られるのは楽しい。

紅音もいる、そして神代もいる。クッと苦しくなる胸を手で握った。

すると胸元にネックレスがあって、優しく撫でた。これは高校受験の時に「合格したら神代さんに告白するんだ！」と願掛けして買ったものだ。

合格して告白しようと思ったら「馬子にも衣装だなあ」と言われてカッとなった。

「子どもじゃないんですからね！」と中途半端なことを言ってしまってギクシャクさせるだけで終わった。

もういっそあのタイミングで告白してたら……いや何も変わらないな。更に悪化していたかもしれない。

でもそれは昔の話。

今はもう、違う。莉恵子は背筋を伸ばした。

「おはようございます！」

「小野寺ちゃん、おはよう～！　なんか人の数すごくない？」

「もう取材が入ってるんですよ。プレゼンに取材ですよ？　やばぁ……」

小野寺は前髪をチョイチョイ触って直した。莉恵子もそれは気が付いていた。

撮影場に来たらロケ車が何台も泊まっていて、中には数人の女の子が見えた。たぶん企画の対象になっているアイドルの女の子たちだ。

最近はとにかく映像の球をたくさん打つ必要がある。

発表する場所が増えて、とにかく映像が必要なのだ。アイドル業界もサブスクが当たり前になり、会員専用のサイトでは毎日「何か」をUPしなければならない。それは写真でも言葉でも良いのだが、一番求められているのは映像だ。散歩でも食事でも何でも良いけど、こういう大きなプロジェクトになるとにかく何でも密着して撮れ高をキープする。

プロジェクト自体が発表されるのはまだ先だけど、とにかく何でも撮るんだろうなあ。

「では始めさせていただきます」

撮影所のガランとした空間に、たくさんの椅子が並べられている。前には大きなモニターが準備されていて、奥には数個セットが見える。そしてセットを並べる場所に司会の人……神代のマネージャーがいる。そして奥の音響用の小部屋に神代が見えた。紹介されると神代は小さな部屋の中で頭をさげた。いつも通りふんわりとした髪の毛が優しく揺れる。それを横にいるカメラが撮影している。

莉恵子たちのプレゼンが流れるのは最後だ。

このプレゼンはシークレットで行われるので、事前に映像を提出している。つまりこの前のようにカブっていたからといってその場で変えることは不可能。

前に立つ必要がないので気楽ではあるが莉恵子は『その場の空気』で話す内容を変えているので、それができないのはつらい。

プレゼンの一番手に流れてきたのは、部活ものだった。

中高生から社会人までいるグループなので、学校をモチーフにしたものは多いと予想していた。モチーフや題材はあまり関係がない。たぶん一番重要視されるのは、スポンサーである二十社の企業と、出した映像内容が上手くマッチングしていることだ。

部活ものはプール掃除をメインにした美しい映像で、これはたぶん……。

「(鳩岡《はとおか》さんですね)」

「(そうだね、さすがキレイ)」

葛西が小さな声で言うので横で頷いた。

業界長いと、シークレットでも誰が出したのかすぐに分かる。鳩岡さんは莉恵子と同じくらいの年齢の映像作家さんだ。

詩的な文字が画面に出ることが多く、文字を使った演出が強い。

葛西は大学の先輩らしく「出てくる文字のセンスがいいですよねえ」と頷いていた。

一つずつプレゼンが終わるたびに、神代が出てきて感想を述べていく。

「彼女たちの儚い映像と、文字で現れる心情が、最初はシンクロしているのに途中から剝離していくのが良いですね。ただ商品の扱い……これは飲料ですが、それが少し雑に感じます。この流れだと、飲料を持つシーンをCMに抜きにくい」

神代が前に立って説明しているのをワクワクしながら聞いた。

自分が作ったものも神代にコメントしてもらえる……それだけで楽しすぎる。

次々とプレゼンが流れていく。ファミリーもの、ゾンビもの、ＳＦ、ホラー……多種多様なアイデアに溢れている。

そして次のプレゼンは、ついに後ろにあるセットを使うようだった。後ろから出てきたのは、大きな帆を使ったテントだった。

形は倒れた三角のようなもので、それが何個も重なった状態で置いてある。

スタッフがカラフルなベンチコートを着た状態で出てくる……そして音楽が流れると、帆になっているテントが奥に引き込まれて、一気に背景の色を変えた。

「!!　すごい」

目を見張った。でもこれ、なんだっけ……何かで見たことがある……。

「(これあれだろ。小森《こもり》さんの所の企画で見たぞ。背景の一気変え)」

横にいた沼田が小さな声で言う。そうだ、それだ。

「(ですよね。これ没案ですよね。お金がかかるからって)」

横で葛西が小さな声で言う。

莉恵子は胸元のネックレスをいじる。悪い予感だけどきっとあたっている。これは紅音の作品だ。

ここが紅音の『イヤな所』でパクっているのはアイデアだけなのだ。

アイデアをパクり、それに更にお金をかけることによって『違うものに見せていく』。

プレゼンに参加している小森を隙間から見ると、怒りで震えている。

……きつい。

蘭上の所で企画をパクられた時の苦しさを思い出して苦しくなった。

今日はもう近づかないようにしていた紅音を探すと、右側の一番前で平然とプレゼンが進むのを見ている。

どうしてなの？　どうしてこんなことを……。

そして背景が一気に変わった所で、スタッフがベンチコートを脱ぐ。中には着物のようなドレスを着ていた。これもお金がかかっているのが一目で分かる。曲のタイミングに合わせて後ろに立つ黒子《くろこ》のような人が帯を引っ張ると、ワンピースに変化した。

「うへぇ……これわざわざ今日のために作ったのか。金がかかってんなあー」

沼田は苦笑した。

このプレゼン……たぶん事前に密着のカメラが入ることさえ情報を摑んでいた。

神代の横にいるカメラはもう、神代よりその派手なプレゼンを必死に押さえている。

絵的に圧倒的に派手で、これは神代がＮＧを出してもスポンサーやアイドルたちが気に入る可能性が高い。お金と情報を摑める会社はそういう所が強い。

でも莉恵子は見ながら思っていた。

企画自体は派手だけど……何か、違和感が酷い。

プレゼンが終わって神代が拍手しながら出てきた。拍手しながら出てきたのは初めてで胃がキュッと痛む。

「これはすごいですね。このまま使えるほどのクオリティー。ここまで気合いを入れて頂けてうれしいです。しかしですね、これ、言葉を選ばず言うと、焼き肉と唐揚げとハンバーグを一緒に食べさせられたような……つまり大きすぎるアイデアが混在しまくってるんですね。はっきり言うと企画のハリボテですね」

会場がザワッとする。

神代は静かに続ける。

「このあとスポンサーから怒られるほどこのプレゼンは人気だと思います。俺は、この企画をハリボテだと言いましたが良い所もあるんですよ。それは『造形のデザイン』ですね。わかりますか、テント内に書かれているラインと、衣装のラインが太さで絶妙に繋がってるんです。企画自体はハリボテなのに全体が失われない。高度なセンスですね。一見分からない。たぶん……俺は今から憶測で言いますよ？　このプレゼンを出した人は……企画を考える能力……ひいては、ディレクターとしてのセンスは弱い。でもですね、デザイナーとしてのセンスは持っているので、誰かにその力を拾ってもらうのが良いと思いますよ。企画がしたくても才能がない人はいます。人のアイデアを使うのはやめましょうね」

はっきりと言った神代の言葉に会場がザワつく。

企画をパクられた小森は、満足そうに頷いている。

「神代監督かっこいい！」

横で小野寺が目を輝かせているが、莉恵子は茫然としていた。

そうだ……本当にそうなのだ。心の奥底、どこかで気が付いていた。

紅音は企画を考える能力が弱いこと、発想力では小野寺に負けること。それでも紅音と仕事を続けていたのは紅音のトータルでまとめる力……それが何なのか莉恵子は気が付けなかったけど『線』だ。バラついた世界を『色々な線』でねじ伏せる力が紅音にはあって……それが独自の世界観に繋がっていたんだ。

莉恵子が気付かなかったことに、神代はすぐに気が付いた。

「やっぱりすごいな、神代さんは……」

莉恵子は小さな声で言った。

プレゼンは真ん中をすぎて休憩時間になった。右端を見ると紅音がタッと走って会場を出て行くのが見えた。莉恵子は立ち上がり、紅音を追った。

第六話　莉恵子と紅音

「初めまして、大場莉恵子です」

「細島紅音です、よろしくお願いします」

紅音は頭をさげて挨拶した。

入社式が終わると、横にいた女の子が話しかけてきた。サラサラと長い髪の毛に好奇心で輝いている瞳。話を聞くと映像会社にしては珍しい経済学部卒だった。映像会社に就職する人は基本的に美大や専門学校卒が多い。

莉恵子は、

「クリエイターとしての才能がないことはもう分かってるの。でもみんなで映像を作るのが大好きなの。よろしくね。細島さんはすごく独自の世界観があるのね。面白い」

そう言って紅音が作ったアイデア集を見て言ってくれた。

紅音は子どもの頃から映画が好きで、いつかオリジナル映画を作りたいという夢をもって入社した。

でも新人に与えられる仕事の九割は企業案件だ。挨拶をちゃんとしましょう、この機材はこう使います、この経路を通って見学してください……そういう地味な内容が多い。

オリジナルの映像が作りたくて就職したのに、そんなのつまらなくて、みんなすぐに辞めていった。

でも莉恵子はどんな仕事も楽しそうに関わって、人脈を広げていった。

「どんな小さな仕事でも、そこには人がいるからね。『面白い人だな』って思ってもらえれば次に繋がるよ」

莉恵子の言うことは納得がいくことが多く、イヤになっていた紅音の気持ちが少し楽になった。

三年ほど小さな仕事を続けていたら、オリジナルの仕事依頼が入ってきた。莉恵子と大喜びして、今まで考えていたことをフルに出して企画書を作った。

「紅音すごくカッコイイね！」

莉恵子は世界観を褒めてくれた。

企画は通らなかったが、確かな自信を得た。

オリジナルの映像を依頼してきた人は「以前企業PVでお二人とお仕事して……気持ちが良い方だと思ったので」と言ってくれた。

「やっぱり小さな仕事は大きな仕事を呼ぶね！」

「そうだねえ」

それをきっかけに、莉恵子と一緒に色々なプレゼンに参加するようになった。

独自の世界観が評価され始めたのはこの頃だった。

企画を考えるのが楽しくて、時間も忘れて一緒に仕事した。そして数年後……小野寺が入社してきた。

「よろしくお願いします！」

そう言って見せてくれた今までしてきた仕事に、紅音は驚愕した。

新しい世界観とそれに裏付けされた力強い絵。何より企画が面白い。

会議で企画を出しても、小野寺が採用されることが増えてきた。

キラキラと紅音を見てくれていた莉恵子の瞳が、小野寺に向けられているのに気が付いた。ねえ莉恵子、私を見て？　私の企画を見てよ。私と今まで一緒にやってきたじゃない？　ねえ。どうして私を見てくれないの？

そして心の真ん中にどろどろとした気持ちが湧いてくるのが分かった。

負けたくない、負けたくない、そこは私の場所だ。

どうしても小野寺に勝ちたい。ぜったいに負けたくない、必ず勝つ。

そして大きなプレゼンが近づいてきた。紅音は今まで以上に努力を続けて企画を書き上げた。そして小野寺の案をこっそりと見て……茫然とした。

デザイン、アイデア、躍動感、美しさ、すべてにおいて全く勝てないと見ただけで分かってしまったのだ。勝てない、これは負ける。

どうしてなの？

吐いて、焦り、狂い、何かを求めて会社のアーカイブを漁《あさ》った。そして見つけた。

十年以上前にうちの会社で使われたアイデアが面白かったのに、没案になっていた。震えながらそれを引っ張り出して、他の物と融合することを考えた。世界に新しいものなど存在しない。闇医者が出ていたらブラック・ジャックのパクリなのか？　魔法少女だって何だって『元のアイデアに足されたものだ!!』。

そしてすべてを足して作り上げたものはグチャグチャだったけど、力技で仕上げた。

企画が同じでも、デザインを変えれば別物になる！

「紅音、すごい！　今までになく面白いよ」

「細島さん。すごいですね！」

その結果莉恵子と小野寺に絶賛されて、その企画は『私の作品が』通った。

そして気が付いてしまったのだ……自分の企画を考える才能のなさに。

もう自分の頭で考えることはやめた。つねにアンテナをはり、面白いものを自分の色に染め上げることに集中した。

小野寺に勝つため、そして何より、莉恵子に認めてほしくて……。

冷たい空気が吹き抜けて首をすくめて、目を閉じた。

「……でももうおしまい」

紅音は荷物を肩に掛けなおしながら言った。

尊敬する神代監督にあそこまでハッキリ言われると思わなかった。もう会場にいることさえ無意味だ。一緒に仕事がしてみたかった。でも私の能力では……無理なんだ。分かってた……でも認めたくなかったんだ。

「紅音！」

「……莉恵子」

会場から逃げ出した紅音を、莉恵子が追ってきていた。

誰よりも莉恵子に求められたいのに、莉恵子の元からパクったのは『莉恵子が気に入って使っている小野寺のアイデアを、私ならこんなに素晴らしく仕上げられる』と見せたかったからだ。

私に任せないのが悪い。正直、それは今も思っている。

小野寺に企画力では負けてるけど、デザインでは劣っていると思わない。

それなのに莉恵子は最後の方、紅音を雑に扱った。

分かってる、莉恵子は企画を話し合うのが好きなんだ。私なんて……でも……莉恵子と仕事するのが本当に好きだった。どうしても私を認めてほしかった。

でも……何も言えなくて黙り込む。

莉恵子はズンズンと前に進んできて、紅音の胸元にドンと拳をぶつけた。

そしてハッキリ言った。

「人の気持ちを踏みにじるのは、もうやめて」

目の前にいる莉恵子を見ることができない。唇を噛んで目をそらす。

この子と……ずっと一緒に仕事がしたかったのは本当なのだ。

ただ自分の才能のなさをさらけ出すことができなかった。

後ろに小野寺も、沼田も、葛西も見える。いたたまれなくて逃げ出そうと踵を返す。

するとその手を莉恵子が握った。手が冷たい。莉恵子が紅音の手首を強く握る。

そしてクッと顔をあげた。

「気が付いたの。紅音を追い詰めたのは私ね。心のどこかで、紅音より小野寺ちゃんのほうに企画の才能があるって分かってた。でも……紅音ががんばってたから……言えなかった。それに紅音のデザイナーとしての強みを全然分かってなかった。企画が上手くできてないことばかり目について紅音の良い所まで見失ってた。ちゃんとプロデューサーとして、紅音から企画を取り上げるべきだったんだ。企画を考える才能がないって私が言うべきだった」

紅音は顔に血がのぼるのを感じた。そして莉恵子の手を振りほどく。

「バカにしないで！　私はできるわ。同情なんて、気持ちが悪い。やめてよ！」

紅音は叫んだ。誰より認めてほしかった人に悪いことをしたのに、逆に謝られている状態に我慢ができなかった。

でも……全部もう、分かっていた。

クラクラしてきた時、胸元をもう一度莉恵子がドンと殴ってきた。

それはさっきより強く、間違いなく痛みを与える強さで、何度も何度も。息ができなくてグッと思わず壁に背中を預ける。

するとその距離二十センチ……ものすごく近くに莉恵子の顔があった。

莉恵子はキッと紅音を睨んだ。

「紅音。今、私がディレクターの紅音を殺したから。もう大丈夫。自分を傷つけるのはやめよう。才能があることと、ないことを、ちゃんと分けよう」

「っ……！」

「こんなこと続けたら紅音の中が死んじゃう。そんなの単純にもったいないわ。だってデザインセンスはあるんだもん。才能ない所は、ちゃんと手放したほうがいい。私たちに謝罪するなら、それを受け入れてよ」

「そんなの……!!」

「今までどれだけパクってきたのよ。ていうか、もう業界で仕事できないわよ。ここまでしたら。バカじゃない?!」

「バカ⁉ 莉恵子、今バカって言った⁉」

「バカよ大バカ。バカすぎてシャレになんない。謝ってるじゃない、才能がない紅音さんに企画を考えろなんて言ってすいませんでしたねえ」

「あんた！」

紅音はカッとなって莉恵子の頬に手を伸ばす。

その手をパシッと莉恵子が摑む。

そして追い詰めるような表情から一転……一緒に仕事してた時のように、優しくほほ笑んだ。

「出会ったばかりの頃は、こうやって軽口叩きあって、最後には殴りあったね。でもお互いに気を使って言えなくなってた。紅音、もうやめようよ」

そう言って莉恵子は紅音の手を優しく握ってきた。

なんでこの子は……こんなにちゃんと人の心に向き合えるのだろう。

私は莉恵子を裏切ったのに。

でもそんな莉恵子だから……どうしても視界に入りたかった。

どうしても莉恵子の一番でいたかったんだ。

莉恵子に認められていく小野寺に狂うほど嫉妬した。だからパクって作ってみせた。

私のほうがいいって、認めてほしかった。

でももう、自分の心もつらかった。取引先からどういう目で見られているかも気が付き始めた。

でも止められなかったんだ。

紅音は手を振りほどいた。

「……殺すとかキモ。厨二《ちゅうに》じゃん。手を繋ぐのもやめてよ」

「ごめん、ていうか紅音が殴ろうとしてきたんじゃん。こわ」

「あんたが煽《あお》るからでしょ」

「わざとです〜〜。わざとなんです〜〜〜」

莉恵子は紅音の肩に、ドンとぶつかってきた。

痛い。痛い、ぜんぶ、痛い。

全部痛くて、泣けてくるわ。

最低。やっぱりこの女きらいだわ。

大きらい。

第七話　伸ばした手、繋がる先へ

紅音は莉恵子の手を振り払って、撮影所から出て行った。

莉恵子たちはその場に立ち尽くした。もう追うことはできなかった。

お昼休みになり、気が付いたらお腹が空いていたので、少し離れた場所にあるカフェで食事をすることにした。

すると目の前に小野寺がドーナツを出した。これは小野寺が超疲れた時に食べるストックドーナツ（砂糖だらけ）。莉恵子はチラリと顔を上げた。

「貴重品では？」

「莉恵子さん、かっこよかったです。私……ほんとどうするんだろうと思ったけど……さすがでした」

小野寺は「あげます」と莉恵子の口にそれをねじこんできた。

もごもご……よく分からないけど、良かったなら良かった。

すると両肩に誰かが触れた……それは葛西の手だった。葛西はマッサージがめちゃくちゃ上手い。凝っている部分を的確にもみほぐしてくれる。

「あ～～すごくいい。うわ、肩ガチガチだったね」

「殺人……おつかれさまでした……」

「誤解される言葉やめてくれない？」

すると視界に莉恵子の大好物……カルボナーラとハムのサンドイッチが置かれた。

「奢《おご》る。ひとつ言いたいのは、大場はなにも悪くないぞ。アイツの苦しみに気が付けなかった俺も悪い」

沼田だった。みんなに優しくされて困ってしまうが、この『どうしようもない空気』を動かすためだと分かっていた。

去年まで五人のチームだったのだ。だから心は苦しいままだ。

ポンとＬＩＮＥが入ってスマホを見ると、ＣＯＮＴＶの社長だった。

内容は『細島が持ってる仕事終わったら退職するって言ってるんだけど、何があったの⁈』だった。

莉恵子はそれをみんなに見せた。終わった。でも、紅音のキャリアが終わってほしくないと思ってしまう。デザインセンスは本当にずば抜けているからだ。

そう考える莉恵子の目の前にドンと大きなマグカップが置かれた。

「手だし不要。そうですよね」

葛西だった。本当にその通りだ。

間違いなく大きなお世話。ただ能力を見抜けてなかった自分が恥ずかしいのだ。

もっと早く気が付いていたら、紅音は罪に手を汚さなかったかもしれない……そう思ってしまう。本人がしたくても、無理なら取り上げるのはプロデューサーの仕事だ。それを莉恵子はできていなかった。

同期で紅音の仕事が好きだったから……ちゃんと見えてなかった。

好きなら見つけて、殺すべきだったのだ。

下を向いてる場合じゃない。次は私たちのプレゼンが呼ばれる。

莉恵子は掌《てのひら》に力を入れて顔を上げた。


「では午後の部をはじめます」

プレゼンが再開された。午後の部もたくさんのアイデアに溢れていて、見ているだけで勉強になる。正直、こういう大きな案件がプレゼンで動くのは珍しい。大きなお金が動く仕事だからこそ、身内で固めてしまうのだ。

でも神代は、色んな人たちと作品を作るのが好きなのでそういうことはしない。

昔から「面白いものを作る人なら犯罪者とでも仕事したい」と言っていた。

何を言っているんだろうと思ったけど今なら分かる。最前線に居続けると、新たな刺激がほしいのだ。私が新たな刺激になりたい、勝ちたい……取りたい……そう思う。

「では次にいきます。タイトルは『星を飲む少女』」

莉恵子はクッと胸元のネックレスを握った。

大きなモニターに莉恵子たちチームのプレゼンが流れ始めた。

本当に直前……提出する昨日まで作っていた映像だ。

内容はチームが得意なＳＦにした。

高校生の女の子ふたりが主役で、ふたりはクラスも部活も同じ親友だ。

ふたりで横断歩道を歩いていた時に、ひとりが事故にあう。

抱き寄せた掌に血がつく。驚く女の子。でも何もできない。女の子は慌てて心臓に耳をあてる。でも生きているのか、死んでいるのかも分からない。溢れる血がどんどん広がるのに、叫ぶことしかできない。周りを見るが誰もいない、ひとりで何もできない。

ただ震えて叫んで、泣くことしかできない。そして親友は亡くなってしまう。

その夜……七色の星が降る。それは噂にきいた『時を繰り返せる星』だった。

女の子は家から飛び出して星を追って走る、走って、走って……星を飲み込んだ。

『彼女をもう死なせないために、やりなおすために』。

そして時を繰り返す……しかし再び目の前で親友は事故にあい、死んでしまう。

何度繰り返しても女の子は親友を救えない。

結果女の子は、親友をかばって死ぬことを選択する。

目の前で泣き叫ぶ親友……ちがう、こんなことにしたかったわけではない。なにより笑顔が見たかったのに、一緒にいたかっただけなのに、最後に泣かせてしまった。

星を飲んだ女の子は再び時を戻る。

そして悟ったのだ。

これは運命でもう変えられない。

だったら『今日を愛そう』。

もっと前から親友に会いに行き、幼馴染《おさななじ》みになる。そしてもっと一緒にすごすふたり。毎日写真を撮り、それをアルバムにしていく。商品を繋げるのは、ここにした。ネットで月に一度アルバムを無料で頼めるサービスがスポンサーにいるのだ。

毎月毎月、ふたりはアルバムを作っていく。

そこには永遠に残るふたりがあり、そのアルバムを一緒に見てほほ笑む。

そして抗えない運命……親友は事故にあう。

残された女の子はアルバムを見返して、抱きかかえて、激しく泣き叫ぶ。

そして再び女の子は時を戻る。

時を戻った女の子の手元には、なぜか『前の人生のアルバムがある』。

それを震える指で触れて、開いて、崩れ落ちるように泣きながらほほ笑む女の子。

そう、彼女は永遠の幸せを手にいれたのだ。

次はどんな関係で親友とすごそうか。

私には無限の時がある。それはものすごくつらくて、幸せなことなのだ。

こっち向いて！と再びアルバムを作り始めるふたり。その絵で終わる。

映像が終わると拍手が広がった。……反応は良いみたい。良かった。

神代が部屋から出てきてマイクをＯＮにする。心臓がバクバクと音をたてる。

何て言うんだろう。胸元のネックレスをいじった。

神代はめがねを上げながら言う。

「これは登場人物が少ないのがネックですね。やはり五十人以上出演させなければならない二十本の作品の中で、メインがふたりのみというのは結構厳しいです。でもアルバムの使い方……特に時をこえて残るという所がものすごく良いですね。データを残すのは実は難しいですが、紙は時をこえて残りやすい。その商品の強みと作品の内容がちゃんとシンクロしている。なにより少女たちの危うさが美しい。これでも……設定が面白いのに、生かしきれてない気がするんだよな。星を飲んだら時を繰り返せるなら、もうしてる人がいるんじゃないかな。それを上手に組み込ませたらふたりだけじゃなくてもっと増やせるかな。でもその場合この作品にある危うさみたいなものが消えちゃうかな。もう少しこの設定を生かしたら、もっと良くなる気がするんだけどな」

「神代監督、そろそろ……」

「ちょっと待って。なんか思いつきそうなのにな。何だろう、ああ、話したりないな」

神代はブツブツ言っていたが、司会の人に小部屋に押し込まれた。

嬉しくて涙が出てしまいそうになる。神代が莉恵子の考えた企画を見て「話したりない」と思ってくれた。それだけで充分だった。

小野寺の方を見るとにっこりと笑った。

おつかれさま。この話でチャレンジさせてくれて、ありがとう。

結果は数時間後に出る……という話だった。

莉恵子たちは疲れ果てて車の中に移動して、スヤスヤと眠った。

星を飲むシーンのＣＧがうまくいかず、ギリギリまでみんなで作っていたのだ。

寝不足ここに極まる。そして電話が入って目が覚めた。

結果が発表される。


「小野寺ちゃん、落ち着かないよ」

「私は寝たりないです」

「小野寺ちゃん、ドーナツ、ストックドーナツ！」

「もう全部食べちゃいましたよお」

莉恵子は落ち着かずにポケットに入っていたフリスクをガリガリ食べた。

反対側のポケットが温かいので確認したらホッカイロが出てきた。そこに芽依の文字で『おちついて！』と書いてある。

気が付かなかった……ありがとう。そうだよね。もうやれることはした、もう今更何もできない。

撮影所のモニター前に神代が出てきた。

その姿を見るだけで、全身が心臓になったみたいにドキドキして身体が震える。

もう決まっている。怖い。

神代はマイクをONにして総評を話し始めた。

「えー、今回は皆さん、プレゼンにご参加いただきありがとうございました。俺は十年近く監督をしていますが、新しい風が大好きなんです。自分の頭には限界があると思ってて、常に先の景色を見せてくれる人を待っている。今回は将来性で選んでみました。

ここから先、一緒に楽しみましょう」

そう言って神代がリモコンを操作すると、通過したタイトルが一覧になっていた。

チラッと見て頭をさげて目を閉じる。文字が大きかった、それは通過作品が少ないということだ。緊張して心臓が痛い。

覚悟をして目を開けると、数十作品あったのに三作品しか通っていなかった。莉恵子は意を決して、その文字をしっかり見る。

その中に、

『星を飲む少女』

と書いてあった。

莉恵子は膝から崩れ落ちて椅子に座り込んだ。通った……、良かった……！

ふたりしかメインじゃないし、神代の評価を聞いても通ると思えなかった。だから本当に嬉しい。見ると鳩岡さんも通っていた。もう一つは合唱コンクールをメインにすえた作品だった。

「莉恵子さん!!」

「小野寺ちゃあん……」

莉恵子に小野寺が抱き着いてくる。もう力がなくてそのまま横の椅子も使って倒れてしまう。嬉しくて嬉しくて、小野寺ちゃんを思いっきり抱きしめたら「うえええ」と叫ばれた。手が伸びてきて、見ると沼田だった。

「やったな。がんばろうぜ」

「沼田さん、引き続きよろしくお願いします」

その手を取って、身体を戻す。この人の演出力なくして、今回の繊細な映像作りはできなかった。今回の作品は監督が神代で、演出が沼田になるが、誰とでも柔軟に組める人なので安心できる。

「やりましたね」

「葛西ー、ありがとうー！」

葛西は「もう絶対増やさないでくださいよ、もう無理ですからね！」と叫びながらも嬉しそうだ。元々映画が好きで業界に入ってきたこともあり、人脈を広げるキッカケになると良いなと思う。プロデューサーをしていくなら『人』が命だ。

その様子から莉恵子たちが通ったのだと分かって他の人たちが近づいて来る。

「合唱？」

「いえ、星のほうです」

「死ネタで通過するのヤバいな」

「正直そこは賭けでした。それに人数も上手に増やせなくて……」

人の輪に囲まれて話していると、神代が近づいてきた。

「入ってた？　入ってるなら合唱のほうだと思ってた」

「‼　神代さん‼」

莉恵子はさっきまでデロデロに疲れていたが、一気に立ち上がる。

神代は口元に長い指を持って行って、何度も頷いた。

「そうか、星のほうか……なるほど。となると、なるほど。そうか、そういうことか」

莉恵子は神代が何をブツブツ言っているのかよく分からないが、終わったことにホッとしていた。

プレゼンは終了になり、莉恵子たちは帰ることにした。打ち上げと細かいスケジュールはまた今度！

今日のためにここ二週間、まともに休まずがんばった。

家に帰ってうなぎ！うなぎ！カバンを抱えて歩き出した莉恵子のスマホにLINEが入った。

相手は神代だった。

『これから少しだけ車で出かけない？　話したいことがあるんだ』

第八話　触れ合う心

莉恵子はみんなと別れて駐車場に向かった。

実はせっかく通ったのにお話しないで帰るのはさみしいな……と思っていたので、神代からの連絡はうれしかった。

もっと話したい。プレゼン内容、どうだったか聞きたい！

ワクワクしながら駐車場を歩いていると神代の車が見えた。莉恵子は走り寄る。

「神代さん、おつかれさまです」

「おつかれさま。行きたい所があるんだけど、良いかな」

「大丈夫ですよ。どこに行くんですか？」

「秘密」

そう小さく笑って車を動かし始めた。

車はゆっくりと駐車場を出て走り始める。神代は前を見たまま口を開いた。

「まずはちゃんと仕事相手として話をしよう。プレゼン……莉恵子と仕事がしたいと言ったけど『これが莉恵子だ』と意識して選んだわけじゃない。あの作品はアイドルの女の子ふたりから『これをやりたいんです』って強烈なプッシュがあったんだ。俺もそのふたりが演じるなら面白いことになると思った。だから選んだ」

「はい」

コネで探したわけではないとはっきり伝えてくれる言葉をかみしめた。

結局コネで選んでも苦しくなるのは監督本人なのだ。面白ければ犯罪者とでも仕事したい神代がコネで選ぶはずがないと知っていたが。

なにより女の子ふたりが気に入ってくれたのがうれしい。

気持ちが乗らないと良い作品にはならない。どのふたりだろう……ワクワクするし、小野寺に伝えてはやくコンテを書き直して……と思っていたら、神代が莉恵子を見ていることに気が付いた。

「企画自体を揉む必要があるし、前途多難だとは思うけど……俺が一番『制作者と話したい』と思ったプレゼンを出してくれたのが莉恵子でうれしかった。楽しみだよ」

「ありがとうございます、がんばります！」

莉恵子は頭をさげた。

他のプレゼンについてどう思ったか話し合っている間に、車はどうやら川の近くに到着したようだった。

なんだか見覚えがある景色に記憶を探る。

「ここ、ひょっとして、子どもの頃、神代さんと自転車の練習した河原ですか⁈」

「ご名答。たまに来てるんだ。ぼんやり川を見てると癒《いや》される」

神代は莉恵子のほうを見て手を伸ばしてきた。莉恵子は戸惑いながら、ゆっくりとその大きな掌に、自分の手を伸ばした。神代はキュッと指先を握った。

「ここからは監督とプロデューサーじゃなくて、昔から知り合いの神代と莉恵子……で話をしてもいいかな」

「……はい」

一気に火照った顔を河原の風が冷やしてくれる。

神代は莉恵子の手を握り、河原の細い階段を下りて、高架下にあるベンチに座らせてくれた。河川敷《かせんじき》から死角になっていて、降りてここまで来ないとベンチがあることに気が付かない……そんな静かな場所だった。サラサラと水が流れる音が響いていて、確かに癒される。神代は川の流れのように、静かに話し始めた。

「プレゼンを見て思ったけど、あの星を飲んだ女の子……あれって莉恵子だよな」

「!!」

驚いて神代のほうを見る。やっぱり神代に嘘はつけないようだ。

莉恵子は小さく頷く。

「……いや……そうはっきり言われると……否定したくなりますが、そうですね。あの子には私の気持ちが……乗ってます」

「よいしょ」

そう言って神代は一度立ちあがり、莉恵子を後ろから抱っこした。

「?!?!」

緊張で一気に身体が硬くなる。

神代は莉恵子のお腹の上で手を組んで、頭の上で話し始めた。

「小学校の時はよくこうして椅子にされたのになあ」

「あ、の。今は。全然、違うと思うんですけ、ど」

「そうだな、違うな。でもちょっと話聞いて」

「は、い」

声が直接降りてきて、どうしよう、心臓の音が神代に聞こえてしまう。

神代はそんなこと気にせずに話を続ける。

「俺、ずっと気が付いてなかったよ。莉恵子は英嗣さんが倒れた時の、第一発見者なんだよな」

「……はい」

「それでお母さんを探しに行ったけど、丁度買い物中だった」

「はい」

「どうしたらいいのか分からなくて、近所を走りまわったけど誰もいなくて、やっぱり部屋にいた方が良いんじゃないかって戻って……それでも何もできなくて……俺に電話してきたんだよな」

「……そうです」

「莉恵子が何もできなかったのは仕方がないことだよ。莉恵子はあの時、最善のことをした。大丈夫だ」

「っ……」

神代の言葉に身体が震えてくる。

ずっと、ずっと、ずっと思っていた。目の前でお父さんが倒れているのを見た時、何もできなかった。

どうしたらいいのか分からないけど、心臓という存在は知っていた。だから胸もとに耳を寄せた。

でもどこにあるのか分からなかった。何度も声をかけて揺らす。分からない。

お母さんを叫んで呼んだけど、いなくて、家にひとりだった。

靴も履かずに飛び出した足の裏の痛みを今も覚えている。刺さる小石とザラザラとしたアスファルト。となりのおばあちゃんは、いつもいるのにいない。

ひとりで分からなくて、電話の前に書いてある神代の番号にかけたんだ。

はやく繋がってほしい、はやく、はやく。焦る気持ちを今も思い出せる。

神代と仕事をするチャンスがあるなら、あの時のどうしようもなかった気持ちをこっそりと昇華したいと思った。

今もお父さんの書斎に入ると倒れていた時のことを思い出す。

何もできなかった無念さを、物語にこめた。

莉恵子はクッと拳をにぎる。

「何もできなかったことを、今も後悔しています。心臓マッサージなんて知らなかった」

「あの頃小学校一年生だろ。そんなの無理だ」

「無理でもなんでも……！」

莉恵子は背中を抱っこしてくれている神代のほうを向いて叫ぶ。

「一生頭から、抜けないんです！」

「だから作ったんだろ。それでいいよ。俺はあれを見て莉恵子の気持ちに気が付いた。そんなにずっと自分を責めてるなんて知らなかったよ」

「っ……！」

「莉恵子は悪くない。大丈夫だから」

そう言って神代は莉恵子の頭を優しく撫でた。

莉恵子はもう溢れだす涙を止められない。

膝を抱えて丸くなると身体まるごと神代が抱きしめてくれた。

長い腕に身体全部が包まれている。どうしようもなく落ち着いて、莉恵子は肩に頭をすり寄せて泣いた。神代は何も言わず、優しく抱き寄せてくれていた。

川のせせらぎを聞いていると、ゆっくりと心が落ち着いてくる。

目だけ動かして見ると、神代がものすごく優しい瞳で莉恵子のことを見ていた。

近い……！　頭をさげてモゴモゴと隠れる。

神代はもう一度腕に力を入れて、莉恵子を引き寄せる。

「っ……！」

よく考えたら、とんでもない密着具合で、ここからどうすればいいのか莉恵子の辞書には無かった。

神代は長い首をおろして、莉恵子の頭に顎を置いたり、長い指でトンと肩を叩いたりして、どう見ても余裕だ。

ああ、もうどうしたらいいのか分からないけど……抱っこされてるのはめちゃくちゃ気持ちがいい。

神代が話し始める。

「これからさあ、やっと一緒に仕事するだろ？」

「はい」

「俺、ちゃんと監督として莉恵子の前に立ちたいんだよね」

「あの！　今日のプレゼンの時のコメント……どれもものすごく勉強に……！」

顔をあげると神代の顔がすぐ近くにあって、またモゾゾと小さくなった。

主張するにはあまりに近い。

神代は再び優しく頭を撫でてくれる。

「うん。俺わりと仕事できるんだよ？　いつまでも莉恵子の家に出入りしてた下っ端じゃない。それを見せたいんだ」

「はい」

「でもさあ、同時に……莉恵子が好きだよ。もう隠さない」

「っ……！」

「すごく好きだわ。抱きしめてみると……もう正直、抗えない衝動がすごい。このまま家に持ち帰りたい」

「神代さん⁈」

顔をあげると目の前に神代の優しい瞳が見えた。

「好きだよ、莉恵子。いつからかな、境界線はきっと、家に行かなくなった辺りからだ。好きだから行かなくなった」

「神代さん、神代さん、あの、私も、私にも言わせてください」

「ダメだ、聞かない。聞いたら持ち帰るよ。問答無用で家に持ち帰って、びっくりするくらい莉恵子を愛す」

「⁈」

「でも違うんだよな。まずはちゃんと仕事したいんだ。そうしないと英嗣さんに『なにしてるの君？　半人前で、俺の娘に手を出すの？』って怒られる」

「なんですか、それ」

「ここで莉恵子に自転車の乗り方教えてる時にさ、英嗣さん、めちゃくちゃ優しい目で莉恵子のこと見てたよ。大切で仕方ないって、あふれ出してた」

「……そうだったんですか」

「莉恵子はものすごく愛されてたのを俺は知ってる。だから、俺も大切にしたい」

「……はい」

その言葉が嬉しくてしかたがない。

神代は莉恵子の頭を優しく撫でて、首にしていたネックレスに触れた。

「これ、高校の制服着て、俺の所に来た時にしてたネックレスだろ」

「……覚えてたんですね」

「今近くでみて思い出した。あの時から十四年か。長いようで早かった。ここに莉恵子がいて、嬉しい」

神代は莉恵子の首に優しくふれた。

その指先の動きに莉恵子は心臓が痛いほど緊張して、神代にしがみついた。

神代は優しく莉恵子を抱き寄せる。

「近くに引っ越そうかな。もうすぐ家更新だし。お母さんのご飯も恋しいし、告白したし、近くに戻りたい。莉恵子、車からすんなり降りて帰っていくんだもん。さみしい。近くにいたいよ」

「えっ?!」

「持ち帰りたい……はああ……仕事の量がやばい……ここからが大変だ……」

神代はパタンとベンチに転がった。

莉恵子は素顔の神代がうれしくて、ベンチから降りて神代の頬に優しく触れた。

ずっと一緒にすすんでいきたい。

神代は目を細めて、優しくほほ笑んだ。

番外編　十六歳の神代と、ネズミの姫

高校から直行して大場家にきた神代は、鞄《かばん》の中にある本を確認した。

薪に関して書いてある本、最近話題になった賞を取った小説、麻酔科医の人が書いたエッセイ……渡されたのはこの三冊で、ちゃんと読んできたし内容は頭に入っている。これでどんな質問をされても返せるはずだ。よしっ！　と気合いを入れてチャイムを鳴らそうとしたら、ちょうど大場家のお母さんが帰ってきた。

「あらあら神代さん。入って！　お砂糖が切れちゃって買いに行ってたの」

「すいません、お邪魔します」

「ストックなんて無限にあると思ってると、それは砂糖じゃなくて塩だったりするのよねー、ほらほら、寒い寒い」

お母さんは神代の背中を押して家に中に入れてくれた。

玄関に入るとふわりと温かくて、同時に甘じょっぱく醤油で煮た美味しそうな香りが漂ってきた。その匂いを神代は吸い込んで息を吐いた。

この家はいつもご飯の匂いがして、それだけで落ち着く。

神代は早くに両親が亡くなり、祖母が育ててくれている。しかし最近は体調があまり良くなくて、神代自身は適当に買ってきたもので済ませているし、祖母は塩分を控えたお弁当を食べているので、台所はあまり使われていない。

温かい食事が食べたいというより、祖母に無理してほしくない……素直にそう思っている。

お母さんは両手に抱えた荷物を台所に置き、

「ほらほら、こたつに入って。お父さーん、神代さんきたよ――」

と二階に声をかけた。すると、

「はいよ――」

と二階から声が降ってくる。

どうやら大場英嗣は二階の仕事場にいるようだった。

お母さんに促されてこたつに入ったら、横でぐっすりと眠っている子ども……大場莉恵子が目に入った。

お母さんは神代の所に温かいお茶を持ってきてため息をついた。

「もうね、幼稚園終わってから公園で三時間も遊んで、疲れて寝ちゃったのよ。ご飯の前に寝たら寝られなくなるからダメだって言ってるのに、もう諦めたわ。明日は土曜日だし、もういいわ！」

「でも……園服も帽子もかぶったまま……」

「そうなのよ、帰ってきてすぐこたつ入って寝ちゃったの。どーしてそんな極限まで遊ぶのかしら。もう三時間公園に付き合わされる私の気持ちも考えてほしいわよ。ほんと寒いし、この時期の五時って真っ暗よ?!」

「おつかれさまです。今度は俺が行きますよ。良い運動になりますし」

「自転車のコーチ助かっちゃった！　ありがとうね。でももうすぐ幼稚園は卒園よ、はー、長かったわ〜」

お母さんはそう言って神代の背中を軽く叩いた。

いれてくれたお茶を一口飲むと、温かくて濃くて、それがのんびりと身体の中で広がっていく。横には、ぷーすーとお腹を膨らませて眠っている莉恵子がいて、かわいい。

でも帽子の紐《ひも》は首に挟まっていて苦しそうなので、取ってあげよう。それに園服が首元まで上がっていて、確認するとこたつの中でお腹が丸出しになっていた。やはりそうか。神代は帽子を丁寧に取って、園服を戻して、近くに置いてあった毛布をお腹にかけた。

起こしてしまうかなと思ったが莉恵子は相変わらず、ぷーすーと音を立てて眠っていて安心した。

自宅には祖母と自分しかいなくて、あまり『活力』がない。でもここにはお母さんというパワーの源と、莉恵子という元気の塊がいて、それだけで楽しくなってしまう。

莉恵子の帽子と幼稚園の鞄をセットにしていると、大場英嗣が二階から本を抱えて降りてきた。

「いやあ、ごめんごめん。本が見つからなくて」

「お邪魔してます。本読んできました」

「まずご飯食べようよ～。お腹空いちゃった～。母さん、これ莉恵子は起こさないの？」

「起こしても起きないわよ。もう先に食べてて。私明日のお弁当の仕込みしちゃうからー」

「あいよー」

英嗣に促されて一緒に夕食を頂くことにした。

この家に出入りするようになって数年、両親がいなくて祖母も病気がちだと知ると「じゃあ夕食を一緒に食べましょう？　うちってお父さんと莉恵子しかいないから、ご飯があまっちゃうの。神代くんみたいな若い子がガツガツ食べてくれると楽しいわ」と誘ってくれたのはお母さんだった。

そのたびに英嗣からは本を借りて、その本の話をしながら夕食を頂くのがお約束になっていた。

毎週金曜日、定期的にくるこの日を、神代は何より楽しみにしている。

今日は豆腐に豚バラが巻いてあるものと、お刺身、そして茶碗蒸し《ちゃわんむ》し、貝の味噌汁。どれも美味しくてご飯はほかほかで甘い。

食べながら英嗣は本の話を始めた。

「あれ、どう思った？　短編集」

「はい。ネタしては面白いなあと思ったんですけど、ここのラインで終わるのは惜しいかなあと思いました」

「そうだねえ、でもあれ純文学の本だからなあ。でもさあ、ああいう話に一緒に渡した麻酔外科のエッセイあったじゃん？　ああいう事実みたいのを足して、それでSFにしたら、面白くない？」

「あれを足して、SFに？」

「そうそう。麻酔科医の人がさあ、実際自分に麻酔打って試したブロック、俺すごい好きでさあ。夢の中だけどそうじゃなくて、リアルな感じ。あれとこの小説のリアルな部分が足せたら、面白いSFになると思わない？」

「なるほど。そういう風に考えるんですね」

「あとは君の感性を足すんだよ。結局君自身だからね。神代くんが持ってきた一番最初の……」

「あ――っ、もういいです、もっと頑張ります！」

「高町《たかまち》はボロクソに言ってたけど、俺は好きだよ。あれが。やっぱり年齢でしか書けないものがあるんだってー。母さんお酒～～」

英嗣は楽しそうに笑って追加で持ってきてもらったジントニックを美味しそうに飲ん

だ。

大場英嗣は『劇団・ジントニック』という劇団で脚本を書いている。劇団名は、今も美味しそうに飲んでいるお酒……ジントニックだというから安易だと思うが、作品は本当に素晴らしい。英嗣と一緒にその劇団のメインなのは、演出家の高町という人だ。この前初めて自分で書いた戯曲を持って行ったのだが「つまらん、なんだこれ、厨二にも限度がある」と一刀両断されてしまった。

英嗣はそれを読んで「どこが問題点なのか」「どうしたら良いのか」「この話の一番良いところはどこか」丁寧に教えてくれて、改訂バージョンを読んだ高町は「とりあえず話にはなった」と言ってくれたが、まだまだだと分かっている。

今はこうして話していることが何より勉強になる。神代は新たに本を何冊か借りてそれを鞄に入れた。

英嗣は美味しそうに刺身を食べてジントニックを飲み、はたと気が付いた。

「そうだ、思い出した、見てよ！　これ、莉恵子の一年間書いた絵！」

そう言って部屋の真ん中に転がっていた手持ち鞄から、手作りの冊子のようなものを取り出した。

どうやら一年間書いた絵を、幼稚園が紐のようなものでまとめてくれたようだ。

英嗣はパラリと開いて神代に見せた。

「見てくれよ、この運動会の絵！　遠近法だよ、遠近法。ちゃんと莉恵子が一番前にいて、後ろの方の人が小さく書けてる」

「背景がちゃんと書いてあるのが良いですね」

「そうなんだよ！　この年齢でね、ちゃんと背景まで書くのは莉恵子くらいしかいなかったんだよ。やっぱり莉恵子には芸術の才能があると思うんだ」

お母さんが台所から追加の茹《ゆ》でた枝豆を持ってきてこたつに入った。

「あるとしたら、偽造の才能よ！　だって莉恵子、メダルなんて貰ってないもの。そもそも五十メートル走、途中で転んでびりだったじゃない」

「そうでしたね」

その言葉に笑ってしまう。実は運動会は神代も見に行ったのだが、思いっきり走り出したら転んでしまい、順位は一番最後だった。

でもこの絵の莉恵子はメダルを手にしてニコニコとほほ笑んでいる。

英嗣はジントニックを飲んで「はああ〜分かってないなあ〜〜」と首を振った。

「莉恵子はこの運動会がすっごく楽しくて、それがキラキラのメダルとして描かれてるんだよ。気持ちが、ここに、形となって！」

「はいはい分かりましたよ。でも絵は上手よね。それは思うわ」

お母さんがそう言うと「そうだろ〜〜〜？」と英嗣は楽しそうだ。そして先日行われたお遊戯会の映像を見せてくれた。期末試験で見に行けず気になっていたので嬉しい。

動画の中で莉恵子はまず楽器を持って、音楽を演奏するようなのだが……どっからどう見ても弾いていない。なんだか適当に周りに合わせてピアニカの指を動かしている。

お母さんはそれを覗き込んで、

「楽器が苦手なのよねー、私と一緒」

と笑ったが、英嗣はその後の大きな声で歌っている莉恵子を見て胸を張った。

「苦手なことだってあるさ〜。でもさ、大好きな歌はこんな楽しそうに大声で歌ってるじゃないか」

「そうですね」

「だろう？　いやあ、見てくれよ、こんな大きな口開けてさあ、めちゃくちゃ可愛くない？」

「マイクに入ってきてるの、莉恵子ちゃんの声ですね」

「そうなんだよ〜〜〜」

英嗣はそう言って嬉しそうに目を細めた。

いつもこの人は……苦手な所には上手に目をつぶって、それでいて伸ばせる所は褒めてあげて……そんな育て方を素晴らしいなあと思う。

それと現実をちゃんと見ているお母さん……すごく良い夫婦だと思う。

そして次に流れてきた劇は、ネズミのお姫さまを三人の子と演じている。しかしこの劇……、

「あの、気になったんですけど、ものすごく衣装が凝ってませんか？」

「そうなのよ神代さん、聞いてくれる?! これ私たち母親の手作りなのよ?! 見る？ 服の作り方が、こんな風に紙で渡されるのよ、布も一緒に！」

そう言ってお母さんは台所から五枚に渡るプリントを持ってきて見せてくれた。

そこには布の切り方、縫い方、仕上げ方が細かく書いてあった。神代もジントニックに出入りするようになり、衣装を作る手伝いをしているが、ここまで複雑なものはオーダーされない。というか、されても困ってしまう。

今の幼稚園は、こんなことまで母親に頼むのか。すごすぎる。でも舞台が華やかになるのは間違いない。

お母さんは、奥からかけてあった衣装を持ってきて見せてくれた。

「これよ、神代さん、見て！」

「いや、すごいですね、これを手作りするなんて……俺にはできません」

「私だって苦手よ。でも子どもが立候補するとね、それを作らなきゃいけないのよ、それが幼稚園のルールなのよ、大変だったのー」

そう嘆くお母さんを英嗣がなぐさめる。

「いや、この衣装、めちゃくちゃいいよ。最高に莉恵子に似合ってるし、なにより三人のネズミのお姫様の中で一番莉恵子にフィットしてる」

「そう？　私もそう思うけど」

「お母さんの仕事は最高だよ〜〜。今度ジントニックの衣装も作って」

「いやよ！」

そう言ってお母さんは手を叩いて笑った。

大きな音で劇を流していたからか、莉恵子がモゾ……と起き出した。

そしてぼんやりとした目をこすって……目の前に置いてあった衣装に気が付いた。

「あ――、ネズミさん。莉恵子今からネズミさんになっていい？」

「おはよう莉恵子。いいぞ、ほら神代くん見られなかったから、見せてあげなさい」

英嗣が言うと、莉恵子はやっと神代の存在に気が付いてにっこりとほほ笑んだ。

「あ、神代のおじさんだ。こんばんは！　じゃあちょっとまってね。お母さん、後ろ止めて――」

むくりと起きた莉恵子は服の上からネズミの衣装のスカートを穿いて、園服を脱ぎ捨てて上から上着をスポッと着てお母さんの所に走って行った。そしてネズミの耳のカチューシャを付けて「じゃじゃーん」と言いながら部屋に戻ってきた。どうやらセーラー服をモデルにした衣装のようで、オレンジと白のデザインがとても可愛い。莉恵子は寝起きなのに目をキラキラとさせて背伸びをしてピョコピョコと手を動かした。

そして楽しそうにネズミの歌を歌い出した。

右に左にピョコピョコ移動するたびに、さっきついた寝癖が跳ねて、もうそれがかわいくて仕方ない。

くるくる回って飛び跳ねて、すごく元気なネズミさんだと見ているだけで分かった。

英嗣と一緒に大きな拍手をして褒めたたえると、パアアアと目を輝かせて両手でピースをして、こたつに入った。

「今日ね、自転車にも乗りたかったのに、お母さんがもうダメだって言うの。もっと遊びたかったのにー」

「公園で三時間遊んだって聞いたけど？」

「そんなことないよ、ちょこっとしか遊んでないの。もっと遠くまで行きたかった」

「三時間でした！　はいご飯！　衣装脱いで！」

目の前にご飯をドスンと置いたお母さんの言葉を無視して、莉恵子は衣装を着たまま「いただきまぁす」と箸を持った。

最初の一口から醤油を衣装にこぼしそうになって、慌ててお母さんが上着を、スカートを英嗣が脱がす。

どうやらこのあと地元の写真館で、卒園祝いに写真を撮るようだ。その時に園服とこの衣装で撮影するらしく、お母さんは必死だった。

その結果、莉恵子はネズミのカチューシャだけ付けた状態で刺身を食べはじめた。

「うーん、美味しい。おじさんはもう食べたの？」

「莉恵子ちゃんが寝てる間にもう食べたよ」

「明日は？　明日は暇？」

「大丈夫だよ」

「じゃあ自転車乗りたいの。お母さんは寒いからやだーっていうし、お父さんはすぐに疲れたーって言うの。おじさんならたくさん遠くに行ってくれる？」

「うん、遠くに一緒に行こう」

「やったー、約束ね！」

そう言って莉恵子は小指をピンと立てた。

神代も右手の小指を立てて、莉恵子の小さくて細い小指に絡ませた。

莉恵子は「指きりげんまん、うそついたら、自販機のアイスを十個買う〜〜」と適当に歌った。

この約束がねじ曲がって、きっとまたアイスを買わされるのだ。そんなことは知っている。

莉恵子は目を輝かせて刺身を食べながら神代に聞いた。

「今日はお父さんとどんな話をしたの？」

「麻酔の話。分かる？　麻酔」

「手術とかするときの？　あれってなんで痛くないの？　でも結局痛そう。だって切ってるんでしょ？」

「それには理由があるんだ、莉恵子〜〜〜」

そう言って飛びついてきた英嗣の顔を莉恵子は両手で遠ざけた。

「お酒臭い！」

「莉恵子〜人生には理由があるんだ〜〜〜」

「お酒臭いのは、お酒飲んだから臭いの！」

「そうだな、その通りだ」

そう言って英嗣はそそくさと台所に消えた。台所でお母さんが笑いながらお水を渡している。

横では「何で痛くないの？　何で何で？」と莉恵子が目を輝かせている。

子どもにも分かるように説明しながら、改めて思う。この家の人たちが、本当に好きだと思う。料理上手で何でもできるお母さん。知識と才能があるのに偉ぶらない英嗣さん。そして無邪気で好奇心溢れる莉恵子。この家に関わることができて自分は幸運だ。

約束した次の日。自転車で走る莉恵子の横を、ゆっくり走って付いて行った。

風が強くてものすごく寒い日だったけど、お母さんが作ってくれた温かさをキープできるお弁当を持って、河原を自転車でずっと移動した。

耳の上がキンキンに痛くなるような冷たい風と、たくさんの魚が鱗《うろこ》を輝かせているような川面の美しさ、紫とオレンジがまざったような夕焼けの中を、ゆっくりと走った。

そうだな、遠くまで一緒に行こう。

約束だ。

第四章　竹中芽依は、春を見つける

第一話　本当の気持ちは？

「うん……大丈夫そうね」

芽依は教員採用試験の過去問題を解き、答え合わせをしていた。

内容は昔から変わっていないようで安心した。知識より一般常識が多いのだ。

むしろ『教師とはこうあるべき』というような感覚をテストで確認されるようなものが多く、優等生として生きてきた芽依には余裕だった。

でも公立は年に一度しかチャンスがなくて、落ちたら来年まで待たなきゃいけない。

大人なのにいつまでも友達の家に転がり込んでいるのは良くないし、ちゃんとした仕事について自立したい。そうしないといつまでも結桜に会いに行けない。

気合いを入れて再び勉強を開始すると、スマホに通知が入った。

それは雨宮家にいた時のママ友だった。噂好きの彼女は頼んでもいないのに、定期的に情報をくれる。もう雨宮家のことは知りたくない、どうでもいいと心底思っているが、結桜のことだけは気がかりでＬＩＮＥを見てしまう。

『やっほー！　三学期終わったよ。結桜ちゃん三学期は一度も来なかった』

『そっか……佐都子ちゃんがＬＩＮＥすると返信はあるかんじ？』

『普通に話してるよ。夜もずっと繋いでる。でも学校は行きたくないっていうか、部屋から出たくないみたいね』

『ひょっとして家に出入りする人が増えた？　結桜ちゃん、そういうのに弱いから』

『もう離婚したから言っちゃうけどさあ、雨宮家に妊婦さんいるよ。金髪で、髪の毛ふわんふわんした女の子。相当若いね、あれは』

『……やっぱりそうだったのね。色々ありがとう』

『いや、もうただの好奇心？　話題沸騰よ、雨宮家』

芽依は苦笑しながらＬＩＮＥを終わらせて、スマホを机に投げた。カン……と高い音が部屋に響く。

金髪でふわんふわんした女の子……ねえ。

拓司は芽依が髪の毛を染めることを嫌がった。

「俺は真っ黒な髪の毛が好きなんだ。せっかく日本人に生まれて美しい髪の毛を持っているのになんで染めるんだ」

その言葉を信じて、ずっと真っ黒のおかっぱだ。

なのに新しい方は金髪でふわんふわんした女の子……ねえ。

パッと見て妊婦さんと分かるということは、妊娠してかなり経過してるのだろう。

芽依はスマホを指先でクルクル回して遊んだ。

……ものすごくイライラするわ。

その衝動のまま、廊下に飛び出してこたつの部屋で寝ている莉恵子の布団にもぐり込んだ。すると莉恵子はモゾモゾ動いて芽依にしがみついてきた。

「……芽依〜おはよう〜。もう朝？」

「もう九時よ」

「はっや！　まだ九時なの？　休みなのに早すぎる……おやすみなさい」

「ねえ、莉恵子お〜〜聞いてよ。拓司さんやっぱり他の女の人を妊娠させてた。雨宮家に妊婦いるって」

「げ。目が覚めた。芽依、大丈夫？」

「金髪のふわんふわんした髪の毛の女の子だって」

「ああ、全然違うのね。良かったじゃん」

「何が良かったのよ?!」

布団の中で思わず叫ぶ芽依に莉恵子はモゾモゾくっついて言った。

「なんか同じような人だと自分と何が違うんだろうって更にイライラしない？　聞く限り、拓司さんが選んだのは、芽依とは全然違うタイプだったんでしょ。じゃあ趣味が変わったのよ。もう前の拓司さんじゃない。別人」

「そう、ね……そうとも言えるか」

「人って自分とちょっとだけ違う人と比べるのが一番イライラするんだって。遠いなら、もう好きにしてくれたら良くない？　でもそれは理屈で納得できないのは『気持ち』だよね。私は芽依を放出してくれた拓司さんに感謝してるレベルだけどさ……お歳暮おくりたい……臭い缶詰でいいですか？　美味しいらしいですよ？」

臭い缶詰……シュールストレミング？　そんなものが雨宮家のリビングの真ん中にある絵を想像したら、少しだけ面白かった。

力が抜けた芽依にしがみついて、莉恵子は再び眠ろうとしている。

芽依は基本的に夜十二時までに眠り、朝六時に起きる。そして朝の二時間を勉強に回す。その時間帯が一番頭が回りやすく、明晰《めいせき》な気がするからだ。

でも……こうして莉恵子の体温とお布団……眠くなる……。

「……っ、あ～～～！　もう一時間も寝ちゃったじゃない」

「ああー、よく寝た。芽依おはよう」

「もお～、莉恵子のお布団って魔物でも住んでるのかしら。気持ちよすぎるわ」

「芽依にくっついてると暖かくて最高～～、人と寝るのっていいね」

「神代さんと眠ってみたら？」

そういうと莉恵子は布団から転がり出て立ち上がった。

「芽依ちんは最近すぐにそうやっていう！」

「だって近くのマンションに引っ越してくるんでしょ？　そりゃもうそうなるでしょ」

「ならないの！　まずは仕事なの！」

「そうね、まずはそうだったわね。まったくめんどくさいわね、二十九歳と三十九歳にもなって」

「もうパン食べる！」

「スープあるわよ？　食べる？」

「わあい、食べたぁい」

莉恵子は顔を真っ赤にして怒っていたのに、スープを提案すると一瞬で機嫌を直した。本当に単純で分かりやすい。芽依も少し早いお昼ご飯にすることにした。

ひとつは莉恵子用のスープ、そしてもうひとつは自分用にショートパスタを入れたものを準備した。

「いただきまぁす！」

食べ始めた莉恵子に向かって芽依は聞いた。

「それで今日は、付き合ってくれるの？」

莉恵子はパンをスープに浸して頷いた。

「いくいく。西小学校行くの、めっちゃ久しぶりじゃん。普通に入れるんだね」

「授業参観は親だけのものじゃなくて、地域の人にも開放されてるものだから」

「校舎建て替えしたんでしょ？　楽しみー！」

莉恵子はパンを食べながら嬉しそうに言った。

公立小学校の願書を提出するにあたって、とりあえず一度見学しようと検索した。すると、芽依たちが卒業した小学校が授業参観をしていて、地元民は自由に観覧可能だと知った。どこに配属されるか分からないし、最近は校長によってカラーがかなり変わるらしいけど、とりあえず行って見てみることにしたのだ。

到着した学校の校門は新しくなっていて大騒ぎしてしまった。それだけで、もう別の学校のようだ。そして中に入ると大きな花壇が見えた。

そこに低学年くらいの女の子がいて、丁寧に花を植えている。横には先生が付き添い、作業を優しくサポートしているのが見える。

芽依は「あれ？」と思ったが、とりあえず昇降口へ入った。

莉恵子はカバンからスリッパを出しながら言う。

「今って授業時間なんじゃないの？　あの子ひとりだったよね」

「そうね」

芽依は振り返って花壇をもう一度見て『あったか花壇』と書いてあることに気が付い

た。この学校には『あったかルーム』という普通には授業を受けにくい子たちが集まっている教室がある。そのクラスの子だろうと芽依は説明した。

莉恵子は「ああ」と納得してスリッパを履いて歩き始めた。

「そういえば、昔もそういう教室あったね。そっかー、先生付き添ってくれるんだね」

「そうね。やっぱりひとりにはできないから」

階段の窓からもう一度花壇を見ると、ふたりで楽しそうに土を掘っている。

理解がありそうな先生の視線に心が優しくなる。

「なんかさあ、あの子は家に帰ったら『今日は花壇でお花植えて楽しかった』って言えるじゃん。それっていいよねえ」

莉恵子は階段を上がりながら言う。

「本当にね。そう思うわ」

何かひとつでも学校で楽しいことがあれば、通うことができる。

その気持ちがよく分かって頷いた。

芽依の両親は、一時期全く家に居なかった。だから出すべき書類を出せない。電話してもいない。集金も持って行けなかった。先生たちは「困ったねえ」と言うだけだったが、動いてくれる先生がいた。名前は田代《たしろ》先生。田代先生が子どもだった芽依の代わりに色んな所に連絡してくれて、その結果父親が書類は出してくれるようになった。

田代先生と話したくて学校に向かったことを今も覚えている。

そう考えると『あったかルーム』の子に付き添っていた人……もしくは田代先生のような子どもに寄り添える人に自分はなりたいのかも知れない。

そしてふと気が付いた。

私……本当に教師になりたいのかしら。

結桜に早く連絡したくて、教師って記号がほしいだけなんじゃない？

本当は何がしたいの？

芽依はよく分からなくなってきていた。

「会社にノートPC忘れてきたから、ついでに取りに行ってくるー」

「気を付けて」

授業参観を一緒に見たあと、莉恵子は電車に乗って会社に行った。

話して頭を整頓したかったけど、仕方ない。

家に帰ろうとしてふと思いついた。

久しぶりに莉恵子のお母さんがいる居酒屋にお手伝いに行こうかな。

莉恵子の家に住み始めてから一度だけ挨拶に行ったけど、ゆっくりと話すことはできなかった。あの店は基本的に人手が足りなくて、忙しい。だから普通レベルの料理の腕を持っている芽依は、調理場で重宝される。お母さんとゆっくり話したい時は、調理場で野菜の下処理をするのが一番だ。

久しぶりに行こうかな。

LINEすると『来てくれるなら大歓迎。ちょうど今日バイトが休んでて大変なの～～』とすぐに返ってきた。

家にいても暇だし、何よりただ手を動かして気持ちを見つめなおしたい気分だった。

「もう料理は趣味ね」

そう呟いて自転車に乗り、莉恵子の母が仕事している居酒屋へ向かった。

今日は風が冷たくなくて、どこからかふわりと梅の香りがする。空はまだ冬で塗りつぶしたような青空と首筋を抜ける風が心地良い。

居酒屋について自転車を裏口に停めると、すぐ横に空き瓶が雑多に詰まれていた。まずそれを表通りに出す。汚れたものは、外の水道で軽く洗って……と。

作業していると、裏口から莉恵子のお母さんが顔をのぞかせた。

「芽依ちゃん、きてくれてありがとうー！」

「瓶ここまで出したほうがいいですよね」

「助かるー！　もう仕事が多くて！　夜までいられる？　芋剝《む》いてほしいんだけど」

「大丈夫ですよ」

入り口付近に溜まっていたビール瓶も運びながら答えた。

やっぱりこういう家事の延長線のような仕事を続けていると脳が休まる。

裏口から入ると、中で作業をしているおじさんが手を止めて挨拶してくれた。

「芽依ちゃん、おつかれー！　よろしくね」

「おじさん。お邪魔します」

「すまないねえ、夜ごはん期待しててよ。美味しいの作るからさ！」

「期待してます」

芽依はほほ笑んで里芋を剝き始めた。

ここで数時間働くと、美味しい賄いが出てくる。それもここでバイトする楽しみのひとつだ。何よりここで働く人たちを後ろからゆっくり見ているのが好きだった。

おじさんの包丁さばきは美しいし、お母さんはそれを見守りながら、先を読んでテキパキと動く。おじさんの下で修行している人たちは三人。みんな若くてものすごくやる気がある……と視線を送って気が付いた。見たことない、すごく若い子が包丁を握って作業していたのだ。芽依はその子から目が離せない。だって新人は包丁なんて握らせてもらえないのだ。どこかのお店から来た方かな？　いやちょっとまって、どっかで見たことあるような。ものすごく肌が白い……何よりちょっと待って。その姿勢でそれは！

「ちょっと、あの、その手、そこに置くと、めちゃくちゃ危なくないですか?!」

芽依はすぐ横で里芋を剝いていた男の子に声をかけた。

男の子はキョトンとして、

「じゃあどうしたらいいの？」

と聞いた。ええ？　この子、とてもおじさんの所に弟子入りしている料理人さんとは思えないんだけど。戸惑っているとお母さんが横に来た。

「蘭上くん。これはね、上と一番下はまな板の上で切ろうか。固いから手に持ってやると危ないの」

「ん。分かった」

そう言って男の子は包丁を手にまな板の前に立った。

横顔を見て理解した。蘭上……蘭上だ！　芽依はやっと分かった。

芸能人に詳しくない芽依も、歌い手の蘭上の名前は知っている。

テレビによく出ているし、結桜も大ファンだったはず。それがどうして莉恵子の家の居酒屋で里芋を剝いているのだろう。

何より、うわああ……手元が怖い、たまらない、おそろしい、泣きそう。

おじさんが毎日研いでいるピカピカの包丁で、里芋を切っているが……ふらふらしていて怖い！　その包丁、油断してると指がスパッと切れるのよ！

でもなんでこんな所にと考えて、思い出した。

莉恵子が「蘭上さんと打ち合わせで実家で飲む」とか言っていた。

ああ、懐いたのね……お母さんに。

莉恵子のお母さんは『大変そうな人を問答無用でごり押しで救っていく』所がある。

子どもの頃、その力に救われた。じゃあ私と蘭上くんは血が繋がってない姉と弟だわ。

そんなことを思った。お母さんは近くにいた芽依を蘭上に紹介した。

「この子、莉恵子と一緒に住んでる芽依ちゃん。子どもの頃からここに出入りしてる莉恵子の親友なの」

そう紹介されると蘭上は猫のようにピョコンと顔をあげて芽依を見た。

その目はまんまるで、何より肌が真っ白で、白猫みたいだなあと思った。

「莉恵子さんの。へえ、はじめまして。蘭上です。俺、いま、人生ではじめて芋むいてるんだ」

「あ、えっと……竹中芽依です。はじめまして。人生初、それはいいですね。あー、でもちょっとまな板が平《たいら》じゃなくて、こっちのがいいですよ」

「そう？　じゃあそっちいく」

もう見ているだけでヒヤヒヤして落ち着かなくて口を出したくて仕方ない。

お母さんもどうして里芋なんてツルツルして全く初心者向けじゃないものを任せるのだろう。料理ってまずレタス切るとか、簡単な作業のほうが良いのでは？　芽依の様子を見て気が付いたお母さんが「こっちで作業しよう？」とテーブルのほうに呼んでくれた。蘭上の手元を気にしつつ、芽依は席を移動した。

その間にもガタ――――ンとまな板を落とす音が響いている。あああ……。

芽依の顔色を見てお母さんはクスクス笑った。

「もう芽依ちゃんは、口出したくて仕方ないわね」

「お母さん……なんで里芋なんですか？　あれ初心者には無理ですよね」

「煮っころがしを食べてね、美味しかったんですって。だから作りたいって」

「あー……なるほど……冷凍里芋とか、剝いてるのとか、ありますよね？　何も最初から自分で剝かなくても」

「彼、失敗したほうがいいの。あれでもお父さんが背中で見てるから大丈夫よ」

「そうですか」

そう言われると芽依は何も言えない。

だって小学校の頃からここに出入りして、料理を覚えた。

何度も手を切ったし、身が残らないくらいキュウリの皮を剝いて、ほうれん草を茹ですぎてドロドロの何かにした。失敗をたくさんして、今の芽依がいる。

あの時にみんなに「危ないからやめなさい」って言われたら、きっと料理を好きになってなかった。

自分で食べたいものを作って、事実上遊んでいたからこそ、好きになったんだ。

……彼はいま、好きなことを楽しんでるのね。

里芋を切りながら思った。その視界にグイとお母さんが顔を突っ込んでくる。

「ねえねえ芽依ちゃん。ちょっと聞かせてよ。莉恵子と神代さんに進展があったって風の噂で聞いたんですけどお？」

お母さんが里芋を高速で剝きながらギラギラと目を輝かせている。

うーん。もちろん進展はあったけど、この状態だと莉恵子はまだ何も話してないのね。

芽依は顔を近づけて首を振った。

「お母さん。それはさすがに私からは言えません」

「え〜〜あの子たち、もう四十年くらいグダグダしてるのよ。長過ぎよ」

「お母さん。私たち、まだ二十九です」

「気になる気になる気になる〜〜。ふたりとも何にも言ってくれないの！　でもね、この前ふたりで歩いてるの見たの！　手をこう、親密そうに繋いでたのよ！　母親のカンが叫ぶわ。あれは……エッチしたわね」

「あはははは！」

里芋を剝きながら爆笑してしまった。

この前莉恵子は「後ろから！　抱っこされたの！　もう無理かもしれない！」と叫ん

でいた。

お母さん。あのふたりが結婚するのは本当に四十年後かも知れません。

そう言いたかったけど、口元をムニュムニュする程度で終わらせておいた。

そして、

「見て！　できた！」

と蘭上が見せてくれた里芋の煮っころがしは、真っ黒な粒になってたけど、それをひとつくれた。それは苦くて全然美味しくなくて、蘭上もしょんぼりしていた。

でも、

「今度はもっと上手に作る！」

と気合いを入れていた。

芽依はそれを見ながら思った。

やっぱり普通の教師よりは、お母さんやおじさんのように人の気持ちに寄り添い、見守れる人になりたい。何かをさせるだけではない、学ぶ人の意思を尊重する人になりたい。

色んなジャンルを、頭を固め過ぎずに探してみよう……そう思った。

第二話 新しい扉

「普通のビルの一室……なのね」

芽依はスマホのマップを見て場所を特定して顔を上げた。

ここは都内にあるフリースクールだ。

里芋をむきながら莉恵子のお母さんに相談してみたら「学校だけじゃなくて、こういうのもあるのよ？」と薦められたのだ。

お母さんは未来小鉢という変わった食事を提供していて、その関連で知り合ったようだ。

営業時間は普通に朝八時から夕方六時。

4F……上がってエレベーターの扉が開くと、カンッと高い音が響いてきた。

それは定期的に、カンッ……カンッ……と続いている。なんの音だろう。芽依はその音がする方に向かった。

フリースクールと言われている場所は、大きく扉が開かれていて、中がよく見える。

その手前に丸い机が何個か置いてある空間があった。

自動販売機が置いてあり、フリースペースのように感じる。

なんとなく、音がする部屋には入れず、丸い机の椅子に座った。

なぜなら室内で何が行われているのか、まったくわからなかったからだ。

事前に見学の問い合わせをしたら「好きにきてください」との返答だった。

同時に「色々してるので、勝手に覗いて頂ければ」と言われた。色々してる？

少しだけ背を伸ばして見てみると……三人ほど姿が見えた。

皆それぞれ別の作業をしている。

ひとりはトンカチのようなものを使って何かをねじこんでいる。

その横では少年が大きな布のようなものと格闘している。

髪の毛を高い場所で縛った女の子は机に向かって何か必死に書いている。

わからない。勝手に入って行って良いのかもわからない。

背を伸ばして見ていると、同じ丸テーブルに座っていた女の子も、同じように室内を見ているのがわかった。

なるほど。これはここに丸テーブルを置いて、中をのぞかせて、興味があったら入れるようにしてるのね。

じゃあ私は率先して動くべきね。芽依が室内に入ると、むわっ……と木と、革の匂いがした。すごい。頭をさげると中にいた人が会釈してくれた。

「お邪魔します。電話で連絡した竹中芽依です。見学にきました」

「はい、ご自由にどうぞ。今日は靴作りの日なので、ちょっと騒がしいですが、奥では普通に勉強もしてますよ」

「靴作り？」

「そうです。オシャレな靴を作る職人さんはそれなりにいるんですけど、ここで作っているのは心のサポート用の靴です。病気で右足のみむくんでしまったけど、オシャレな革靴を履きたいとか、骨折してギプスをしているとか、悩みは人それぞれです。そういう方々にオーダーメイドで靴を作る会社の方が出張で教えにきています」

職員は作業している職人さんを紹介してくれた。

職人さんは白髪のおじいさんで、大きなメガネをして緑色のエプロンをしている。

芽依の方を見て軽く会釈して、すぐに指導に戻った。

室内は普通の教室より少し広い程度だが、色々なものが持ち込まれている。ミシンに色々な種類の革、そしてカッターのような物、足の形をしている木。

作業しているのは六人ほどで、みんな黙って手を動かしている。

ノートパソコンをいじっている子がいたので後ろから覗くと足の形が立体画像になっていた。これはたぶん３Ｄと呼ばれるものだろう。

データをよく見ると右側だけ大きかった。

見ていると職員の人が説明してくれた。

「この方は病気で右足が常にむくんでいます。でもオシャレが好きな方で。うちで作った靴を履くとお出かけするんですよ。これが前に作った靴です」

職員が見せてくれた写真には、オシャレなおばあちゃんが写っていた。

帽子とお洋服はお揃いの柄。首元には淡い紫色のスカーフ。オシャレな持ち手がついた杖《つえ》をついている。そして足元には革のブーツ。

よく見ると左右の太さが違う……特注品だとわかった。

職員は続ける。

「生活できればそれでよい……だと、生きがいを殺してしまう人たちが多いんです。外では普通でいたいんですよ、みなさん」

「わかります」

芽依は深く頷いた。

雨宮家にいたとき、お義父さんが骨折した。そして骨折した場所が悪く、大きな器具を付けないと歩けなくなってしまったのだ。

お義父さんと芽依は、骨折する前はふたりで神社やお寺を散歩していた。趣味が似ていて、御朱印を集めていたし、お守りを買うのも好きだった。外を歩くのはリハビリになるし、また一緒に行きましょうと誘ったが、器具を付けた足に合う靴はなく、スリッパを履くしかなかった。お義父さんは「神様の前にスリッパで行けるか」と嫌がり、その後も家からまったく出なくなり、急速に弱っていったのだ。

オシャレな靴があったら、また一緒に神社に行けたのかな？

でも御朱印帳もお守りも、全部雨宮家に置いてきちゃったから、お義父さんを守ってくれてるかしら……。

職員は周りを見渡しながら続ける。

「ここの子たちは素人ですが、熱心なので二足目からは使えるものも多くて喜ばれてます。実際職人になった子もいますし、３Ｄ関係の職業についた子もいます。医療に興味を持った子も。ここはただの入り口です」

職員の方曰く、勉強するから出てこいと言っても子どもたちは出てこない。でも「靴作ろうぜ」「子どもと散歩しようぜ」だと隣の丸テーブルまでは来るらしい。

興味がある場所であり続けることが大切なのだろう。

奥で勉強もしているというので、入って行くと、そこはまるでＰＣルームだった。

細かく区切られた空間にＰＣが何台も置いてあり、ほとんどが埋まっている。

窓際には大きなソファー……そこに男性が座って、小学生の子に勉強を教えていた。

軽く会釈すると、視線だけで返してくれた。そして再び説明に戻る。

ＰＣ画面を見ると、映っているのは動画の授業だった。画面の中で教師たちが説明をしている。みんなの席の後ろを移動して画面を見ていくと……映っている先生も内容もすべて違う。みんなヘッドフォンをして説明を聞いている。そして生徒が長時間視線を下げると動画が自動的に止まった。すごい、どうやらヘッドホンで生徒の視線を感知しているようだ。生徒がプリントに記入して画面に戻るとまた自動的に動画の再生が始まった。

なるほど。このシステムなら小学校から高校生までの学生を補うことができるし、視線を感知してるなら、動画が流しっぱなしで終了にならない。

そして聞き耳を立てると、ソファーにいる男性に質問をしていたのは小学生……でも勉強の内容は難しそうな数学の話だった。

説明を聞いて納得したのか席に戻り、また授業を聞き始めた。

次に女の子が質問にくる。それは中学英語の内容で、男性は丁寧に教えていた。

芽依は見ながら「ここは私のレベルでは働けない場所だ」と思った。

ソファーに座っている人は「どうぞ」とソファーの横を空けてくれた。男性は芽依と同じくらいの年齢に見えた。そして長尾《ながお》と名乗った。

「親御さんですか」

「いいえ、違います。教師として仕事を探していて、見学にきた竹中芽依と申します。でも……ここは表の靴作りもそうですし、勉強を小学校から高校生まで幅広く見なきゃいけないんですね。私には無理な気がします」

「何の資格をお持ちなんですか？」

「小学校のみです」

「小学生の時のみの日もありますから、大丈夫ですよ」

「でも、さっきの子どもの質問内容って高校生クラスでしたよね？」

「彼は数学だけが大好きで、小学校に通えなくなった子なんです。だからこの学年フリーの時間帯にいるんですね」

「あの……レベルが高すぎて、ちょっと混乱してます」

芽依は正直に言った。来る前に少しフリースクールを調べてきたのだが、ここまで進んだシステムだとは思ってなかった。ゲーム機の持ち込みを許可しているようなところもあったし、iPadで映画見られるからフリースクールに行く……なんて書き込みも読んでいた。考えが甘すぎた。ここで自分が何かできると思えない。

長尾は軽くほほ笑んだ。

「ここは菅原グループのフリースクールなので、自由に見えて実は授業がかなり充実してるんですよ」

「⁈」

その言葉に芽依はグルンとふり向いて長尾を見た。

「ここ、あの、山の上の菅原学園関連なんですか⁈」

「ご存じですか。そうです、同じ系列です。している内容もほぼ同じです。僕もよく行きますよ。ただ山に登りたくない教師がみんな逃げてきています」

「あー……はい、わかります」

「僕は山の上の菅原学園の出身です」

「あー……あのレゴの学長の居る……」

「学長をご存じですか⁈」

さっきまでお客さんと話している風だった長尾は学長の名前を聞いて目を輝かせた。

芽依はその勢いに圧倒される。

「はい、見学に行ったら……すごくて」

「すごいですよね、学長は。この授業のシステムをひとりで構築した方なんです。このシステムは全国の塾や不登校児専門の学校で活用されていて、今じゃ一般の学校でも活用しようという話が出てきています。基礎学力はすべての学年で同じですから。僕たち教師の仕事は、基本に転んでしまった子どもたち、それより先に行きたい子どもたちのサポートだと思うんです」

長尾はその後、説明を聞きに来た生徒たちに止められるほど熱く教育論（主に学長愛）を語った。

長尾は「来週超カルタ大会があるので、ぜひ行きましょう」と目を輝かせていた。

超カルタ大会？　カルタに超とかあるのだろうか……意味がわからない……。

芽依はお礼を言ってフリースクールを出た。

あの学長……何者なの？

第三話　神代のマンションに初めていく

ある日、莉恵子は神代が引っ越してきたというマンションに初めてお邪魔していた。

「こんにちは……神代さん、いらっしゃいますか」

「おう、莉恵子。おつかれさま。入って」

「買ってきましたよ、ピザ」

「おおお～。食べよう食べよう」

引っ越そうかなーと言っていた神代は、本当に莉恵子の家から自転車で十分ほど離れたマンションに引っ越してきた。ここは最近出来た大型マンションで、一階にスーパー、そしてコーヒーショップ。クリーニング店にピザ屋もあって、正直最高の住み心地だと思う。駅から遠いが、目の前がバス通りだし、駐車場も広いから不便ではない。

神代は大学時代ここら辺に住んでいたが、莉恵子が高校に入ったタイミングでスタジオが集中する場所に引っ越していた。しかし監督になった今、スタジオの近くに住んでいると、新人たちがお酒片手に映画論を語りに来るので大変だとは聞いていた。週明けに引っ越し完了したと聞いていたので、週末になった今日頼まれたピザ片手に来たら……もう恐ろしいほど部屋が片づいていた。

神代がいるリビングにはめちゃくちゃ薄くて大きなテレビと、こたつ、そして本棚に数冊の本しかなかった。

莉恵子は頼まれたピザをこたつの上に置いて周りを見渡した。

「え……荷物、もう片づけたんですか？」

「俺、荷物めっちゃ少ないんだよね。あ、入って。こたつ」

「わあ〜、こたつあるんですね。ふう……温かい」

「莉恵子の家で入ってたから、もう抜け出せなくてさ」

こたつに入ると、もう布団から神代の匂いがして、心の中で「ううう」と思う。

実は平然とした顔で入ってきたが、神代の個人宅に入るのは初めてで、昨日からドキドキしていた。

仕事をしながら恋人として付き合うことについて神代と話したのだが、家に来る時は恋人。それ以外の場所では仕事相手として線引きしようということになった。

つまり今は恋人……恋人……?! 私は今神代さんの恋人!

ドキドキする心臓を抑え込むように小さく開けた口から空気を思いっきり吸い込む。

神代は冷蔵庫から莉恵子が好きな炭酸入りのオレンジジュースを出してくれた。

今も昔もこのジュースが好きで、ピザの時は特にこれを飲む。まだ覚えててくれたんだと、そんな小さなことが嬉しくて仕方ない。

しかし、荷物が本当に少ない。

「神代さん、本はどこにあるんですか?」

神代は莉恵子の父親と競いあうように本を読んで、夜中まで話していた。

夜中にふたりが話している声を聞いているのが好きで、それに参加したくて小難しい小説を読んだりした。あの頃はカバンにいつも本が入っていた気がするけど。

神代はiPadをトントンと叩いて見せた。

「全部電子にしたんだ。紙であるのは古い映画のパンフレットくらい。それは全部こっちの部屋に入れてある」

そう言って隣の部屋の扉をカラカラと開けた。

そこには本棚があり、数百冊はありそうだった。

しかし莉恵子はその部屋の別の物に目が釘付《くぎづ》けになった。

部屋の中に大きなデスクトップパソコン、それに巨大モニターが見えたからだ。

しかもそれは一台や二台じゃない。

「ていうか、ちょっとまってください。PCの量、すごくないですか？　これ個人宅のレベルですか？　3D制作事務所とかこんな感じですよね」

「もう最近はさ……おいで？」

神代に呼ばれてPC室に入ると、壁にそって大きなテーブルがあり、そこにモニターが四台、PCが二台。そして会社にあるような大きなコピー機まであった。

神代はPCのマウスを動かして画面を見せてくれた。そこには画像ソフトが立ち上がっていた。莉恵子も仕事で見ているのでソフトは知っている。

「動画ソフトで絵コンテ動かしてるんですか」

「最近はiPadで書いて、PCで軽く動きつけて、そのまま作業IN」

「そこまで神代さんが」

「するする。やっぱり早いからね。んで、最近はiPhoneで撮影できるから、素材も入れやすいし。良い時代になったよ。ほら見てて」

神代が映像を再生すると、アイドルの仕事で最初に動くことが決まっている作品のコンテが動画で動き出した。背景は写真で、手前のアイドルの絵が簡単に動いていく。秒数、動き、指示、カメラの動き、それがすべてソフト内で作り上げられていた。

「すごいですね。これだと作業者の理解が早い」

「やっぱ紙の絵コンテだと説明が難しいし、イメージ共有がしにくい。だから俺はもう軽く作ってる」

「沼田さんにも見せたいです」

「じゃあデータで送るよ。会社のアドレスにサーバーの場所送っとく」

「ありがとうございます！」

そこまでふたりで話して……無言になった。

自宅に遊びに来てるのに、めちゃくちゃ仕事の、しかも有益な話をしている。

恋人皆無である。神代もそれに気が付いたのか頭をふった。

「ダメだ。莉恵子が楽しそうに仕事の話題ふるから悪い。はい、出る出る。この部屋は俺の仕事部屋」

「すいません。単純に本がどこにあるのか気になっただけなんです。うちの本は、もう電子化できる量じゃないですね」

「莉恵子のところはあのままにしてほしいな。俺は出先で調べ物することが多くてこうしたけど、英嗣さんの本はあのままがいい。頼むよ」

「頼まれなくても、一生あのままだと思います」

莉恵子は苦笑した。じつの所、一階から二階に荷物をねじ込んでいるだけで、二階の書斎は足の踏み場もない。神代が一番来たいのは書斎だと思うが、前より酷くなってしまった。芽依が急《せ》かすからぁ～。

もちろん責任転嫁である。

神代に促されて再びこたつに入る。そしてものすごく喉が渇いていたので、オレンジジュースを一気飲みした。その様子をこたつの横の席で神代が見ていた。

「莉恵子はピザと言えば炭酸オレンジだもんな。今も好きなんだ？　俺さ、コンビニで見かけるたびに『莉恵子のオレンジ』って思ってた」

「そんなこと言ったら、ほら、見てくださいよ」

莉恵子は買ってきたピザを開いた。

そこにはコーンがギッシリつまっているピザが入っている。

神代と莉恵子は最初からこのコーンがぎっちり入っているピザが好きで、更にここにコーンを増量させる。コーン乗せ乗せピザが好きなのだ。

「そうそうこれ。なんでこればかり食べてるんだろうな。ずっと好きなままだよ」

「私もです。でも会社でこれ頼むと『はあ？』みたいな顔で見られて」

「わかる。俺も『コーンマヨ・コーン増量』って言うと制作がマジ意味わかんないって顔で見てくる」

「美味しいですよねえ」

「なあ」

莉恵子と神代はふたりでピザを食べながら大きなテレビで映画を流した。

神代は映画を見ながら「ああ、ここのタイミングで曲を流すのはいいな」とか「この説明はセリフで言わせるべきだな」とぶつぶつ言っているのを横で静かに聞いた。それは『やっぱり仕事の話をしている』のでなく、昔……莉恵子の家で父親と神代がずっと話していた時のようで、それが嬉しくて仕方なかった。

……やっと近くにこられた。

でもそれは、ちゃんと私ががんばったからだ。

そう思えることが、なにより嬉しかった。

神代をこっそりと見ていると、手が優しく握られた。

驚いて顔を上げると、神代はふわふわとした髪の毛を揺らして口を開いた。

「恋人タイムですし、少しくらい触れてもいいですか？」

「っ……、あの、えっと……はい」

「莉恵子はさあ、高校生の時に俺に『もう子どもじゃないですからね』って言った時から、ここに関しては成長してないよな。子どもじゃん。よいしょっと」

「！」

そう言って神代は一度、こたつを出て、莉恵子の後ろにすわった。

そしてこの前のように莉恵子を後ろから抱っこするような状態で、再びこたつに入ってきた。

「神代さん……！」

「この前抱っこした時も思ったけど、俺、この状態すげぇ好き。はやく慣れて？　仕事終わったら手加減しないよ」

「!!」

その言葉に莉恵子は息が苦しくなってこたつの天板にお腹を押し付けるようにして逃げ出すが、その隙間を埋めるように、神代が後ろから抱っこしてくる。

「うーん、今のカットは前に手元を見せたほうがいいな。何してるのか分かりにくい」

莉恵子の頭の上で映画に対するコメントを普通に言っている。

もうどうしようもなくドキドキするけど、心のどこかで私だって大人になったんだもん……というよく分からない闘志が湧いてきた。

何度か諦めて彼氏を作ってみたことがある。キスだって経験だってしてる。それなのに神代相手だともう全力で好きで身動きが取れなくなってしまう。でも私だってあの頃の子どもじゃない。

莉恵子はクッと振り向いて口を開いた。

「もう子どもじゃないんです、覚悟なんてできてますから！」

そう言うと神代は「！」と目を丸くした。

そして倒れこむように後ろからギュッと強く莉恵子を抱きしめて、声を絞り出す。

「ごめん、煽った俺が悪い。顔真っ赤にして……何言ってるんだよ、もう。可愛いな莉恵子は。もう……ああ……くっそ……」

そう言ってしがみ付いてきた神代の耳が真っ赤で、それをみて少し落ち着いた。

なんだ、緊張してるんだ。そう思ったら嬉しくて首の下にモゾリと入り込んで鎖骨の間に頭をトンと置いた。

冷静になってみると、莉恵子の背中にある神代の心臓は、ドク……ドク……とかなり大きく鳴り、身体中から脈の動きが伝わってくる。

きっとそれは私も同じだ。そう思うことさえ、嬉しかった。

神代は髪の毛を優しく撫でてくれた。長い指で莉恵子の毛先に触れて、そのまま肩を抱き寄せた。反対側の腕で腰を甘く引き寄せる。

ああ……、こうしていると身体の境目が消えて溶けてしまいそう。

神代はリモコンを手に取って、見ていた映画の再生をとめて、配信の画面に入った。

「……くそ、もうダメだ。止められなくなる。最も仕事っぽいのを見よう。もうダメだ、よしこれだ、もう俺はこれを見てやる」

そう言って神代はアメリカのＳＦ映画のドキュメンタリーを流し始めた。

それはもうものすごくマニアックな内容で、最新のＣＧ合成からメイクまで、情報てんこ盛りだった。熱く語り始めることでなんとか冷静になった神代に……それでも抱っこされながら、莉恵子は説明を聞いた。

それはどうしようもなく幸せな時間だった。

神代さんが、好き。大好き。

第四話　再び山の上、そして

「おはようございます。来て頂けて良かったです」

「よろしくお願いします」

芽依が頭をさげると、フリースクールで会った長尾は「はい！」と笑顔を見せた。

前回「超カルタ？」ワケが分からない……という表情をした時、長尾は「騙されたと思って一度見にきてください」と力強く断言した。

学長の印象が悪すぎて行くつもりはなかったが、フリースクールの授業システムは学校教育の『理想』だと思った。教師たちは雑務が多すぎるのだ。知り合いが何人も教師をしているが、みんなサービス労働で死にそうになっている。

登校時に道に広がって歩いていると学校に電話があり、誰か来いと言われる。駐車場で遊んでいる、川で遊んでいて危ないのではないか、空き地で騒いでうるさい。目に付くと、すぐに教師が呼び出されるのだ。公立校に事務員など数人しかいないし、生徒に関することはすべて教師に回ってくる。

普通に教師として仕事をしたい、境界線がない、雑務が多すぎる、定時など皆無、サービス残業が普通でそれをしないと「教師として理想がないのか」と怒られる、理想の前に体力が続かない……と教師になった知り合いが言っていた。

だったら基本の授業だけでも全国共通にすれば良いのに……芽依はそう思っていた。

基本を学ぶことにオリジナルなど必要ない。大切なのは分かりやすさだ。

そのシステムを、完璧な状態で取り入れているのが『あの学長』だったことに、興味が湧いた。

坂をまた上るために運動靴で来たのだが、長尾が待ち合わせ場所に指定してきたのは、学校がある山の裏側の駅だった。

どうやらこの山周辺にある施設……老人介護施設や、サッカー場、そして野球場、温泉施設付きのホテルまであるのだが、それはすべて菅原グループの持ち物らしい。

そしてそれらの施設にはバスが出ている。

学校の一番近くにある老人介護施設に行くバスに乗ると、山頂付近にある小学校で降りられるという裏技だった。

「これなら楽ですね」

芽依はバスに乗って外を見ながら言った。

急坂すぎて絶対に歩きたくないような坂をバスはゆっくり上って行く。

長尾は外を見ながら苦笑した。

「本当にすごい坂ですよね。でもこのバス、本数が少なくて、タイミングを合わせるのが難しいんですよ。通学用のバスではないので増発もなくて」

「なるほど」

たしかにバスは一時間に一本程しかなく、市内のバスより本数は少ない。利用する人も少ないようで、見渡すとバスの中には学校に向かうような学生さんが数人だった。今はもう昼をすぎていて、登校するような時間ではないように感じた。

「あの、駅前のフリースクールと同じように授業時間は自由なんですか？」

「動画を見てテストを受ける単位制なので自由です。教師がいる時間は決まっていて、質問したいことがあるなら時間内に来る……という感じです」

「なるほど」

だから前回見学に来た時も、校内を歩いている子たちにたくさん挨拶されたのか。

長尾は少し首を傾げて芽依のほうを見た。

「小学校のほうに所属すれば、駅前のスクールのように色んな学生を一気に見ることはないので給料の割には楽しい学校だと僕は思いますよ」

「うーん……？」

思わず眉間に皺がよる。授業には興味があるが、規律を守って育てないと規律だらけのこの世界を生きていけない気がするのだが。

疑問に思いつつ、長尾に連れられて学校に入った。

学校内に入ると「長尾先生、おつでーす」「もう始まりますよ」「今回は絶対勝ちますから！」と下は小学生、上はもう大人に見えるほど大きな子たちまでみんな話しかけてくる。

長尾は挨拶しながら校舎の真ん中にある正方形の建物に入って行った。

ここは前に見学した時、入らなかった。外観からコンビニだと思っていたけど？

長尾を追って店内に入ると、芽依の真横を何か黒い物体が飛んできた。

「!!」

芽依は驚いてしゃがんだ。何?!

室内はコンビニなのに、イートインスペースにたくさんのＰＣが置かれていた。

そしてみんな手元にリモコンのようなものを持っている。それを操作すると、また黒い物体が飛んできた。

芽依は急いで壁際に逃げた。

その物体はものすごく高速で動いていて、芽依のように運動神経が微妙な人間にはすぐに避けられない気がしたからだ。邪魔にならない場所で観察して分かった。

あれはドローンだ！

あまり広くない室内を羽のようなものがついた黒や赤のドローンがギュンギュン飛んでいる。長尾に「超カルタ大会って何ですか？」と聞いても「実際見てもらうのが早いと思うんですよね」と苦笑していた理由が分かった。

だってカルタにドローンって言われても……見た今でも理解ができない。

長尾は生徒たちの中に入り、話に参加しはじめた。

「よう、坂上《さかがみ》、今年の出来はどう？」

「長尾先生、見てください！　今年は札を運ぶことに特化したマシンにしたんです」

「おお、いいな。これ視界はどこで確保してるんだ。これだと真下しか見えないだろ」

「新しい小型レンズを搭載したんですが、うまくいかなくて。だから魚眼にして視界を確保してます」

「方向掴めるのか？　電源との接触問題は解決できたのか？」

「独自回路を作りました。問題は重さで、正直三十分飛べないと思うんですよね」

「また燃やして落とすなよ」

「いやもう、トラウマですよ、あれは」

長尾と生徒は楽しそうに話しているが芽依には全く理解できない。

こういう時はまずは色々見てまわる。壁際をゆっくり移動して他の生徒のPC画面を覗き込むが、何をしているのか、全く分からない。生徒はとても小さい子に見えるのに……。すると画面を睨んでいた少年が顔をあげて芽依を見た。

「あ！　お姉ちゃん、お姉ちゃんだ！」

「篤史くん?!」

芽依は思わず叫んだ。

PCの前で難しそうな操作をしていたのは、この前菅原学園に来た時案内してくれた篤史だった。篤史は芽依の腕を引っ張って横に座らせた。

「やっぱり先生になってくれたんだ、うれしいな。今日のために俺すっごくがんばってきたから見てて！」

「あ、うん」

就職したわけではないと言える空気ではなかったので、とりあえず作業を見守る。

篤史は英語のみの画面をカタカタいじって、たまにコントローラーをいじってを繰り返していた。そこに長尾が来る。

「おう、篤史。どうだ」

「長尾先生！　位置情報の取得がうまくいかないんだよ。なんでこんなに狂うんだろう。ほら数値が全然ちがう。ここからの位置情報を取れてないんだ」

「これは……スタート時点の数値設定が間違ってるんだ。いいか？　プログラムの基本はどこからどこまで、何に何をさせるか、だ。その羅列の固まりなんだよ」

「うん」

ふたりの会話の内容に全くついていけないので、再び壁際に移動する。

ここにきて二十分、状況が全く理解できない。とりあえずコンビニは普通に営業しているようだったのでお茶を買い、邪魔にならないふちっこに座った。

数十分後、部屋を一周した長尾が目をキラキラ輝かせて興奮した状態で戻ってきた。

「すいません、楽しくて。これ最初は簡単なカルタ大会だったんですよ。校内にカルタを置いて、よーいドンで取り合う単純なカルタ大会。そしたら学長が突然『普通ってつまんなくね？』って、ドローンを持ち込んで、教師チームで圧勝したんです」

「それは教師的にどうなんでしょうか」

「ズルいどころの話じゃないですけど、別にルールに『ドローン不可』って無いですからね。そこからドローンが先回りして位置を知らせたり、ラジコンが運動部の妨害をしたり、巨大扇風機が出てきて札をぶっ飛ばしたり。ただの運動部の遊びだったのに、今は理系の子たちが本気出してて面白いんですよ。それに全然接点がなかった運動部の子たちと、理系の子たちが連携を始めたんです。今じゃ十チーム以上が参加する熱い戦いになったし、ドローン制作会社の人たちも参加されてるんですよ」

そう言って長尾が視線で教えてくれた先には、スーツを着たサラリーマンが五人ほどいた。みんな厳しい表情でPCを立ち上げてキーボードを叩いている。

芽依は圧倒されながら口を開いた。

「カルタって……こういうカルタですか」

「そうですね。菅原学園流、超カルタ大会です。あ、始まりますから二階の実況席へ行きましょう。さあさあ始まりますよー、はあ楽しみだー」

「はい……」

長尾のテンションに少し引きながら、流されるまま二階に上がった。

そこには巨大なモニターとテレビ中継できるようなライトとセット……その中心に学長の航平がいた。芽依を見て目を輝かせて、

「やっぱり来たか！」

と叫んだ。その表情は前回と変わらない本当に子どものようだ。

本当にこの人があの授業システムを作り、先進的な技術を導入し続けている人なのだ

ろうか。芽依は静かに会釈して一番遠くの椅子に座った。

そして菅原学園流超カルタ大会が、始まった。

第五話　超カルタ大会①

菅原学園の小学校校舎は『口』の形をしている。

真四角の形に校舎があって、今、芽依がいるのはその真ん中にある小さな建物だ。

漢字で言うと『回』この真ん中の部分。

どうやらこの超カルタ大会は、小学校の校舎すべてを使って開催されるようで、放送が鳴り響いている。

「よっしゃ、お前ら準備は出来てんのか！」

学長である航平がカメラの前で叫ぶと、周りを囲んでいる校舎から「うおおおお！！！」と叫び声が聞こえる。航平は続ける。

「俺が菅原学園、超学長の菅原航平だ！　毎年恒例超カルタ大会が始まるぜ！　いつも通りカルタを学校内に置いたのは近藤だ。世界で一番航平に厳しいけど公平な近藤！」

「つまんねー挨拶はやく終われ‼」
芽依の横で長尾が笑いながらつっこむ。
同時に校内からも「はやく始めろ！」とブーイングが聞こえてくる。
カルタを置いたのは近藤って、この前来た時に車を出してくれた人？　と思ったら、
航平が前で大騒ぎしている横、ＰＣがある所に近藤が見えた。強面《こわもて》で真っ黒なスーツに
黒縁のメガネ。
やっぱりそうだ。この方、警備員さんかと思ったけど違うのかしら。
周辺には他にも数人の……この場合教師なのだろうか……女性や男性の姿が見える。
みな画面を見ながら話し合い、スマホで誰かに指示を出している。
航平はカメラに向かってドヤ顔でトークを続ける。
「俺のありがたい挨拶はこれくらいにして、始めるぜ！　ルールは単純、たくさん札を
集められたチームが勝ち。人殺し以外なんでもありだ、いくぜ！」
航平が叫ぶと、この建物と校舎全てから、
「うおおおお！」
と拍手と歓声が上がった。
「菅原学園流、超カルタ大会スタート‼」
航平が叫ぶとウイィィィ！！！　と大きな音が響いた。

そして室内にあったドローンたちが一斉に浮いた。その数、十や二十じゃない。異様な光景に芽依は壁際に逃げた。

「いっけ――――!」

航平が叫ぶと、窓からドローンが次から次へと飛び出していく。

それはまるで意思を持った生き物のように正しく、それでいて鳥のように素早く。

すごい! 芽依は思わず窓に駆け寄った。

その横、髪の毛をくすぐるように何個もドローンが飛んできて、そのまま風を連れて室内から飛び出し、空に消えて行く。

この学校は山の中にあるので、空が広い。抜けるような青空、遮るものがない太陽に向かって、無数のドローンが飛んでいく。

そして徐々に列となり、塊となり、校舎の窓に次々に飛び込んでいく。

すごい!

芽依が興奮して窓際で見ていると、スタジオセットに男性が立った。

テレビに出られそうなほど端正な顔立ちで、マイクを持っている。

「さて、メディア部の加藤が司会を担当させて頂きます。本日、はじめて超カルタ大会をご覧になる方もいらっしゃると思うので、簡単にルール説明をします。この大会は、札を多く取ったチームが勝つ普通のカルタ大会ですが、他とは違うのはドローンやマシーン、なんでもアリな所です。そして札の枚数は、ドローンでも人でも、札を持って校舎の外に出た時点でカウントされます。校舎内に入れるチームメンバーは代表者ひとりのみ。その人かマシンが札を持って出たのをカメラが確認すると、取った札としてカウントされ、枚数が多いチームが勝者となります。札を窓から投げ捨てる……ではカウントされません。校舎には多くのカメラが設置してあり、すべて録画されていますのでご安心を。さて、現在の状況を確認しましょう。現時点で枚数を集めているのはラグビー部ですね。やはり一階にある札は体力がすべて。陸上部との潰しあいです。人が来る前に上の階の札を取って窓から逃げたい！　四階に映像を切り替えます」

司会が言うと画面が分割されて校内の画像に切り替わった。

どうやら校内にもたくさんのカメラが置いてあるようで、走りまわるドローンと人たちが映っている。

「動きが見えたのは四階、六年生の部屋ですね。ここに札があることに気が付いた二台のドローンが札の取り合いを始めています。赤軍のドローンは……これは新兵器、なにかドロドロした……ああ、これはカエルの舌のような構造になっているんですね。それでくっつける作戦ですね。それに対して白軍は正統派。ピンのようなもので摑もうとしていますが……二台ぶつかりそうで怖いですね。故障した場合、校内にいる選手しか修理ができませんから、かなりの不安要素となります」

芽依は説明を聞きながら理解する。

なるほど。中に入った人は、札を集めるために走りまわることもできるし、ドローンを修理することも可能。

でもたぶん運動神経もあり、ドローンも修理できる人は少ないのだろう。さっき一階の札を集めていると言っていたラグビー部の人は走ることだけで札を集めていて、場合によってはドローンを投入してないのかもしれない。

カメラに小さな何かが見えた瞬間、司会がマイクを摑んでテンションをあげた。

「おっと！　ここで教師チームの名物ロボ、『キャリー』が現れたぞ。おばあちゃんが使っていたトリプルタイヤのキャリーから発想したアイテムだが、三年前は建物から出ることさえ出来ず撃沈、二年前は建物から出られたが、わずか五分で電池が切れて撃沈、一年前は校舎内で踏みつけられて撃沈。さあ今年はどうだ⁈」

司会がキャリーと呼んだマシンは、一見、小さな車輪が三つ付いているハンドスピナーが移動しているように見える。よく見るとそのハンドスピナーは左右にふたつ付いていて、真ん中に四角い本体があるようだ。そしてハンドスピナー部分が回転して廊下を疾走していく。

司会がマイクを握って叫ぶ。

「階段に車輪をぶつけると、次の車輪が上にきて……ゆっくりだが上っていくぞ！」

キャリーは三つの車輪を回転させて器用に階段を上っていく。

「校舎内の階段の高さに完全マッチングさせたからな！」

航平が得意げに言う。全体が車輪のような構造なので、障害物がない廊下だと移動速度が速い！　そしてすでにドローンが二体いる教室に到着、中に入っていく。

航平がスタッフに細かく指示を始める。

「ここから測距精度を０にさげろ。いや、マイナス２だ。視野率４以下で絞れ。関節駆動のジョイントを……Ｊ１からＪ４まで戻せ。Ｅ１、Ｅ２は全駆動にしろ。そうだ、いいぞ。あ、くそ視野がやっぱり酷すぎて全然見えねぇ……来るぞ！」

航平が叫んだのと同時に画面に映っていたキャリーに、ドローンが体当たりしようとしてくる。

その瞬間、キャリーは片方だけの車輪を回転させて逃げた。

司会が興奮して叫ぶ。

「すごいすごい！　こんな機敏な動きができるようになったんですね。校舎から出られず泣いていた日が嘘のようだ！」

「うるせぇ！」

航平が指示を出しながら司会につっこむ。

キャリーはそのままクルクル移動して札まで移動。そして札の上に乗った。

航平がスタッフにキャリーに動きの指示を出す。

「どうだ?!」

航平が顔をあげると、ゆっくりとキャリーが動き出す。

すると中心にあるボックス部分に札がしっかりくっ付いている。そして一緒に移動しはじめた。

「よっしゃ!」

航平が叫ぶ。

「おおっと! 中心にピンチのようなものを付けていたんですね。札を持って逃げる逃げる。本体の九割が車輪の激しい動きですが付けたまま移動できるか?! 札を付けたまま校舎の外まで出れば初のキャリーで一枚札ゲットだ!」

「いけえええ!」

航平も長尾も叫んでいる。

キャリーは窓から逃げることができないので、一階まで逃げるしかないようだ。

本体に札をつけたままクルクルと移動していくのを、ドローンが追う。

キャリーは階段を器用にコロコロ転がって移動、角では片方だけ回転させて向きを変更する。

空を飛んでいるドローンは、地面に近づくたびに体勢を崩してぶつかりそうになる。

本体の車輪を回転させて移動しているキャリーは予想以上の速度で逃げていく。

ぶつかりそうになると校内から悲鳴が聞こえてくるし、芽依も手に汗握ってしまう。

車輪の塊が回転しながら逃げていく姿は、なんだか可愛いのだ。

揺れて見にくいが……前方にドアが見えた。

光が近づいてきた……もう少し……ここから出るだけだ！

その瞬間、低いがカメラに響く。

「捕まえてやるぜ！」

出ようとするキャリーの視界カメラに真っ暗な何かが襲い掛かってきた。

それは一階を走りまわって札を集めていたラグビー部の人だった。

ドアから逃げようとしているキャリーに手を伸ばしている。

大きな手が迫ってくる……捕まっちゃう！

「逆駆動！」

航平が叫ぶとキャリーは突然進行方向から逆方向に移動して、目の前のドアから暗い廊下に逃げた。

「どこだ⁉」

ラグビー部はキャリーを完全に見失う。

明るい出口より、暗い裏口に逃げたほうが確実だと決め、キャリーは反対側のドアを目指して暗い廊下を加速しはじめた。

「くっそ……あ！　見つけた！」

ラグビー部が見つけるまでに、かなり距離を稼げた。

「逃げきれ！　あとは直線だ！」

航平が叫ぶ。

視界カメラにラグビー部の人が追ってくるのが見える。

それはどんどん大きくなって近づいてくる……キャリーも速いけど、ラグビー部の人も速い！

前方に光が見える……ドアまでもう少し……ラグビー部の人が更に加速して手を伸ばそうとする。

あとちょっと……！

「いけえええ！」

航平の叫び声に芽依は身体に力を入れた。

視界映像が激しく動いてノイズが走る、そして映る映像は真っ暗になり映像が途切れた。

シンと静まった室内に司会の人が叫ぶ。

「逃げきれたか?!」

ドア近くのカメラに画像が切り替わった。

そこには通路に転がっているキャリーがあった。

中心部分にしっかりと札を抱えている。

札をゲットできたのだ。

「きたあああああ！」

部屋にいた全員が叫ぶ。

そして建物中から拍手と歓声が響き渡る。

思わず芽依も拍手してしまう。

「よっし！」

航平はPCに座っていた近藤や、他のスタッフたちとハイタッチした。

なんだかよく分からないけどすごい！　見てて楽しい！

司会者は興奮しながら続ける。

「教師チーム、なんと足掛け三年、キャリーで一枚取りました。これは素晴らしいことです、正直感動していますが、ドローン三台がお互いを潰しあっている間にラグビー部は十枚、緑チームは八枚取得。教師チームはなんだかんだで一枚、最下位です！」

「うるせえ！」

航平が叫ぶのと校内から笑いが聞こえてくるのは同時だった。

「おおっと、天才葉山《はやま》率いる緑チームの新兵器がここにきて面白い動きを見せてますよ。注目していきましょう」

カメラが切り替わると、小さなドローンが見えた。

そのサイズはさっき部屋から飛び立っていったどのドローンより小さく見える。

芽依は思わず立ち上がった。

なんだか見てるの楽しくなってきちゃったんだけど！

第六話　超カルタ大会②

「緑チームの葉山くんが導入したのは、超小型ドローン……飛んで外に出ることだけを考えたものです。毎回最後は札の取り合いは肉弾戦となりますが、それが始まる前に見つけて外に出す。それに特化しています」

紹介された緑チームのドローンは、他のドローンより構造がスカスカに見えた。

こういうのに全く詳しくない芽依でも、軽いほうが飛びやすいことは分かる。

葉山と紹介された人は茶色でサラサラな髪の毛を揺らしながら校内を楽しそうに移動。

札を見つけて、それを小型ドローンに札を挟んで外に出す……をくり返しているようだ。

司会は興奮しながら話す。

「葉山さんはこの『簡単ドローンキット』を子ども向けの会社に高値でおろして超お金持ちです。みんなでたかりましょう」

「なんだって――、俺が貸した開発費返せ！」

司会の言葉に航平がツッコミを入れる。

「二倍にして返したじゃねーか！」

校内を移動している葉山がカメラに向かって叫ぶ。

航平は、

「二倍じゃ足らねーくらい儲《もう》けてるくせによ～～」

とニヤニヤしながら言った。

司会はカメラを切り替えながら説明をする。

「緑チームが導入した小型ドローンは、電池も最小、総重量が異常に軽いため、プロペラはひとつしかついていません。だから見てください、この視界映像……全くブレていません。中に特殊なオイルを入れてブレを軽減させているそうですが葉山さんは全く教えてくれません。ずるい、金の亡者、天才、酷い！」

司会の言葉通りだった。

他のドローンから届く映像は、すべて大きくブレている。

でも緑チームの画面映像は全くブレてなくて、美しいままだ。

「超大型ドローンにしか許されない揺れない視界を、ここまで小さな個体で実現させるのは素晴らしい技術力だと分かります。真空ジェルと油圧の研究をしていた葉山くん、ついにオリジナル商品を生み出してしまったと聞きましたがどうなのでしょうか。そしてフラフラ飛んでいるドローンを手で掴んで勝手に奪う、酷い。鬼、悪魔！」

「トロトロ飛んでるからだ」

「さすがドローン界の反社会的勢力！　そして自分のドローンにつけて外に出してしまいます」

「余裕っしょ」

へらへら笑う葉山の後ろに影が見えた……ラグビー部の人だ。

葉山も身体はそれほど細くないが、ラグビー部の人に比べるとかなり小さい。

「おおっと、ここにラグビー部が登場！　前回は葉山くん、このラグビー部に捕まえられて、紐で縛られました！　人の札を奪うようなことばかりしているからです！」

ラグビー部の人は葉山を獲物を狙うような目つきで睨む。

「ま〜〜た悪さしてんのか、葉山」

「きたね」

葉山はにやりと笑った。

「きたよ！」

ラグビー部の人が葉山に飛び掛かる。

すると葉山は胸元から何かスプレーを出して、ラグビー部の人に噴射した。

部屋一面に真っ白の煙が広がって、画面は何も見えなくなる。

同時にラグビー部の人の叫び声が響く。

「……おえええなんだマジくせえ、やべええええ!!」

それをモニターで見ていた航平は「うおおお?!」と叫ぶ。

煙が少し消えると、床に転がって臭さに悶《もだ》えているラグビー部の人が見えた。

そこにガスマスクをした葉山が現れて叫ぶ。

「世界イチ臭い匂いに拡散性を足した特殊ガスだ。完全に無害。ただ、死ぬほど臭い！　屁《へ》でもくらってろ！　去年の借りは返したぜ！」

「あいつ、サイテーだな！」

航平はPC前で手を叩いて笑った。

葉山はラグビー部の人の足首を紐で縛って札をすべて奪って教室を出た。

ずるい〜〜、こんな方法も許されるの?!　芽依は苦笑したが、最初にドローンを導入したのが教師チームでは何でもありなのだろう。

その葉山の前にウオオオオン……と大きな音をたててドローンが下りてきた。それはドローン会社が操作している巨大ドローンだった。

司会が興奮して実況を始める。

「大会開始から一時間経過。半分以上のドローンが故障、もしくは電力不足で止まっている状態で、この大きさと、この体力。これはドローン会社がガチで開発している真四角くんですね。この会社社長の牛島《うしじま》さんは菅原出身で、現在開発費をかけすぎて会社は潰れかけ。ここで勝利した映像を手に売り込みしようとしてますので、絶対に負けられません！」

「こっちは人生かかってんだよ！」

今度は画面にスーツ姿の男性がカットインしてくる。一階にいるサラリーマン集団のようだ。

真四角で大きなドローンは、今までの物とは違う正確性を見せていた。

ドローンを叩き落とそうとする葉山の動きを正確に読んで動く。

「見てください。この的確な迷いがない動きを！　ドローンは指示通りに飛べないから仕事に導入できないと言われているこの業界でこの正確さは特徴的ですね。視界さえもう少し確保できれば警察庁が導入したいと言っていると聞きましたが、ここは葉山さんと手を組んでみては⁉」

「俺のは高いぞ！」

「葉山さぁん、日本に警察ドローン飛ばしましょうよお」

画面にカットインしたふたりが叫びあっている。

葉山がドローンの処理に手間取っている間に……スーツ姿の男と四人ほどの小学生が葉山に飛びついた。

「なんだお前ら⁈」

葉山は叫ぶが、五人に飛びつかれたら、さすがに身動きが取れない。小学生たちは葉山を押さえつけて物理で札を奪っていく。

「くそ、やめろガキども、離れろ！」

葉山は再びスプレーを出そうとするが、小学生が乗っかって逆にそれを奪い取った。

そして胸元からドローンのリモコンを奪い、窓の外に投げ捨てた。

カシャ――――ンと何かが割れた音がする。

「ア――――！　クソガキ――――‼」

葉山の叫び声が響く。

「ストラァァイイク！！！」

画面に篤史がカットインして叫んだ。

「おおっと、ここにきて牛島と小学生四チームが手を組んだ。葉山さんもここまでされたら動けない。あ――っと、今年も紐で縛られたぞ。色んな人たちの恨みがここで晴らされて、今、芋虫にされた～～!! そしてみんなで仲良く札を山分けしたぞ」

「いっけ――――！」

小学生たちが走りまわって喜んでいるのが見える。

その笑顔が可愛くて芽依は思わず笑ってしまうが、あの世界一臭いスプレーは投げ捨ててないようで、噴射しながら大騒ぎしている。

ものすごく近寄りたくない……。

画面が巨大ドローンに切り替わった瞬間、モニターが真っ暗になった。

司会がモニター裏側にいるスタッフに向かって叫んだ。

「電源落ちた?!」

「違います、これ……回線にとんでもない負荷……いや、ちょっと待ってください、回線を乗っ取られました！」

「うおおおお?!」

航平は興奮しながらＰＣの前に座ってキーボードを高速で操作する。

会場にあるモニターがすべて真っ暗になっている。

そしてプツッと何か映像が映った。机と水道……家庭科室……？

みんな画面にくぎ付けだ。そこにトコトコとエプロンを着た近藤が入ってきた。

「?!」

モニターを見ていた近藤が顔を上げる。航平が近藤を見る。

近藤は静かに首をふる。心当たりがないようだ。しかし再生が続くと、画面を見ながら「ああ……わかりました……」と小さく言って目を伏せた。

映像内の近藤は冷蔵庫から卵を出して黄身を丁寧にわける。そして粉を計量、バターを白く泡立てていく。

司会は笑いを噛み殺しながら口を開く。

「えっとですね、どうやらこの会場の回線がハッキングされているようです。外部からの映像、それも学長のSPである近藤さんが丁寧にクッキーを作っている映像ですね。どこから流されているのかも分かりませんが、近藤さんがっ……めちゃくちゃ丁寧にクッキーを……くっそ……なんでこんな手つきが丁寧なんだ……」

「ぎゃはははは！　近藤お前、家庭科室でこんなことしてたの?!」

「クッキングクラブの女子たちに教えてほしいと頼まれまして」

映像内では、女の子ふたりと強面の近藤がクッキーを作っている。

ご丁寧にあのクッキングで有名なテーマソングまで流れていて、正直芽依も口を押さえて笑ってしまう。ある意味平和な映像が流れているが、下のフロアや航平のスタッフたちはみんな叫んでいる。どうやら手元に来ている映像すべて近藤のクッキング映像にされてしまったようだ。

「落ちた、もうダメだ」

「内部班、ドローンの回収だけでも頼む」

「え⁈ なんだ、札が根こそぎ消えてるみたいだぞ」

「なんだ⁈」

会場が騒然となる。

画面内の映像は、近藤がカメラ前から離れた瞬間に、女の子ふたりが画面の前にくる。

そしてピースサインをした。

司会がPCを見ながら実況を続ける。

「回線に相当な負荷がかけられているように見えましたが、違いますね、これはそう見せられているだけですか？　こんなことが出来るのは噂の天才ハッカー、誰も姿を見たことがないという影山《かげやま》くんの仕業ですね⁈　どこからハッキングしてるのかも分からない。すごい！　今、下のチームが総出で解析に入ってますがお手上げの状況です。学長もシステムに入ってますが、どこからか分かりますか⁈」

航平は恐ろしい速度でキーボードを打って顔を上げた。

「ハッキングはフェイク。外だ。あの野郎、物理で映像ラインに流してる、そっちが本丸だ！」

そう言って航平は窓の外を見た。

外から砂利を踏む音が聞こえて、画面はプツリと切れた。そして映像は校内の絵に戻った。

しかしすべての映像は地面に落ちたドローンを映している。

カメラ映像に細い腕が映り込んだ。そして落ちたドローンを摑んでそこから札を取り、校内カメラに向けてピースをした。

それはさっき映像内で、近藤とクッキーを作っていた女の子だった。

「大成功〜〜〜〜！」

手には数枚の札を持っている。

後ろに札を奪い取られたドローンたちが無残に転がっていて、小学生たちもジャンプしているのが見える。

女の子はカメラに手をふり、飛び跳ねながら話した。

「影山くーん！　今度お礼するね——！　ドローンオタクが壊滅してスッキリ〜〜邪魔邪魔ぁ〜〜」

航平は爆笑して手を叩いた。

「影山引き込んだのやべえ！　あの子どうやって呼んだんだ?!　ちょっと待てよ、あのクッキング部の子、アイドルの日向ミコじゃないか？　あいつアイドル好きだったのか。

来年から影山も参戦するの⁈　毒ガスとハッキング対策かよ、何の大会だよ～」

航平の笑い声と共に、アイドルソングが流れ始めた。

女の子は社内カメラの前で楽しそうに歌い始めたのだ。

周りの小学生たちも一緒に踊り始める。もう何がなんだか分からない。

一階からは「落ちて壊れた……」と泣き言が聞こえてくる。

二階では視線のすべてが近藤に集まった。近藤はオホンと咳《せき》をして顔を上げた。

そして、

「ミコミコクッキー……。美味しく作れました。まだありますが、食べますか」

と言った。

航平は手を叩いて爆笑して、

「楽しく使われてるじゃね――か‼」

と叫んだ。

もう本当に、どこがカルタなのか、学校行事なのか分からない。

でも芽依はすごく楽しんでしまったし、二時間以上経過していたことに驚いた。

そして気が付いたけど、これは学校で学ぶすべてのことが入っている。

技術や知識はもちろん、人と作業すること、関わること、ひとつの目標に向かって手を組むこと、失敗してもいい、成し遂げること。

何よりみんな、本気で考えて楽しんでいるのだ。

その先にきっと学びたいことが見えてくる。

それがないと基本を学んでも使い道がないのだ。

芽依は素直に拍手した。とても面白かったし、この学校を、航平を見直した。

それにあのミコミコクッキー、とても美味しそう。

第七話　何ができるかなんて

「どうぞ、ミコミコクッキーです」

「っ……すいません」

芽依は目の前に置かれたクッキーを見て、どうしても笑いが我慢できない。

近藤は黒縁メガネにかっちりとしたスーツ、それに品が良い革靴、腕時計も良い物だとすぐに分かる。

そんな大人の男性が、目に星が入っている可愛いキャラクターのアイシングクッキーをミコミコクッキーなんて正式名称を言いながらお皿に出してくれるのだ。

笑いが我慢できずに口元を押さえて笑ってしまう。

回転椅子ごとザ——ッと移動してきて、クッキーにヒョイと手を伸ばしてバリバリ食べ始めたのは航平だ。

「うめぇ！　まさか近藤に出し抜かれるとは。俺の一年の苦労が……」

「いえ、私はミコミコクッキーを作っていただけです」

「くっ……」

芽依は正直近藤が「ミコミコクッキー」と言うだけで笑ってしまう状態にあった。

なんとか笑いを飲み込んで、クッキーに手を伸ばす。一口入れるとほろりと溶けて、同時に甘酸っぱい味も広がった。

「あ、これアイシングも手作りなんですね。甘酸っぱい」

「そうです」

「使ってるのはイチゴですか。青は……ブルーベリージャムですね。すごく美味しい」

「ありがとうございます」

近藤はメガネの向こうで控えめにほほ笑んだ。

食紅で色をつけたと思っていた部分は、すべて食品を使っていた。

手間がかかるけど、これをするならアイシングする意味もあるし、味も上がる。

動画を見た時から思ったけど、近藤は料理が上手なのだろう。

再び航平が椅子ごと近づいてきて芽依を見た。

「で？　芽依さんはうちの学校に来る気になった？」

「あの」

芽依はコーヒーを一口頂いて背筋を伸ばした。

「正直、この学校を……なによりあなたを……ただの変人だと思ってました」

「うおーい素直かよ。まあそうだよな。出会いが悪すぎた」

「駅前のフリースクールも拝見しました」

「長尾がいるところね。あそこ駅から近くていいけどドローン飛ばせないんだよな」

「なにより授業スタイル、動画が素晴らしいと思いました」

「システム作った時十七歳だからさ、俺天才なんだよね」

「えっ……いえ、本当に天才ですね」

「やっぱり素直かよ。システム作っただけで、授業は動画のプロに頼んでるけどさ。でもいいでしょ、基本はプロに習ったほうがいいよ」

「その通りだと思います。それに今日のカルタ大会も、とても面白かったです」

「へえ」

航平は目を真ん丸にして輝かせた。

その表情は本当に幼い子どものように見える。

芽依はクッと顔を上げた。

「あの、正直、この学校私にはレベルが高すぎて、実務経験がない……それに凡人の私では勤まらないと思うんです。みなさん何かに対して目を輝かせていて……私は何もないです。真面目しか取り柄なくて、頭も固い。何も特殊な才能がないんです。私みたいな人間には……」

「あのさあ」

航平は椅子からピョンと降りてソファーの横に席に座った。すると、ふわりと太陽の香りがした。この人からは太陽をあびたお布団みたいな香りがする。

「うちの学校って変人教師しかいないんだわ。まあ超カルタ大会見たから分かると思うけど、変人率が超高い」

「変人……個性的な方が多いですね」

「菅原学園は子どもの小さな『記憶』を作りたくてやってるんだよね。教師の個性はそれに対応するためのオマケ。同じ記憶なら楽しい方が良いだろ〜って対応した結果なんだよね。その結果、変人奇人が集まった」

「私は……ものすごく普通で……何かできると思えなくて」

「もうしたじゃん。篤史の中にはもう芽依さんと校内探検した『楽しい記憶』があるだろ。俺は毎日聞かれてたんだ『芽依さんいつ来るの？』って。それが一番大事なんだよなあ。ていうか、そんなにクソ真面目な性格で、うちの学校でＭＡＸ変な超カルタ大会を面白いって言えるなら、もうそれだけで合格だよ。自分の学校で開催してるのに何してんのか意味不明だわ」

「そんなことないです、面白かったです。とくにあのくるくる走るキャリーちゃん」

「!! キャリーちゃん。『ちゃん』付けてくれるの？　ちょっと待ってよ、はい、試作品あげる」

そう言って航平は机から小さなキャリーを持ってきて、芽依に渡してくれた。

実際のサイズの二十分の一くらいだろうか。とても小さいのに精密に作られている。

芽依は目を輝かせた。

「やっぱり可愛いです。すごい。頂いていいんですか」

「!! いいぞ、やる。プログラムも持って帰れば動かせるけど、持って帰る？」

「いえ、それは頂いても無理だと思うんですけど」

「ちょっと待てよ。これプログラム修正したら並行移動くらい簡単にできないかな。オタクしかいなくて一般視点が無さ過ぎるんだよなあ。ちょっと待ってよ。お〜〜い長尾〜〜〜ちょっときて〜〜〜」

航平は椅子ごと移動しつつ、長尾に電話をかけた。

大会終了後、長尾と葉山は小学生たちにプログラミングの教室のようなことをしていて、学長室にはいなかった。

その会は丁度終わったらしく、数分後には三人集まって何か作業を始めた。口論しながら笑いながら一時間（芽依は近藤と美味しいクッキーのお店談義をしていた）航平はUSBメモリーを渡してくれた。

「これをPCに入れたら、キャリー動かせるぞ」

「家にPCは無いんですけど、お金が貯《た》まったら買いますね」

芽依がそういうと長尾が目を輝かせて近づいてきた。

「新しく買うの？　ノート？　デスクトップ？　どんなのがいいの？」

「はあ？　お前普通の女がデスクトップ買うと思ってるの？　そんなんだからずっと彼女いねーんだよ」

「葉山さんに言われたくないですよ。好きな子に自分で組んだ超ハイスペPC送り付けてファンがうるさいって送り返されてましたよね」

「あれはあいつが悪い。同じ値段で組めるのに普通に買う女はクソ」

「それでよく俺をバカにできましたね⁉」

長尾と葉山が楽しそうに喧嘩《けんか》を始めたところに、スッと銀色の四角いものが差し出された。持っていたのは航平だった。

「これ、一世代前で悪いんだけど使ってないからあげる。初期化してるし」

「レッツノート?! これまだあるの?! イルカ住んでない?!」

葉山が爆笑する。

「バランス良くて俺は好きだけど? Core i7だから悪くないし」

航平は憮然《ぶぜん》として言う。

「学長〜〜竹中さんに良い顔しちゃってええ〜〜〜ぴゅうぴゅう〜〜」

長尾が航平のお腹をコショコショする。

そこに葉山がカバンを持って近づいてきて黒い鈍器のようなノートPCを出す。

「俺のThink Padのがカッコ良くない？」

「ぎゃははは!! きた弁当箱。葉山さん、女性にThink Padすすめるとか、ヤバいですよ。マジで一番無いやつです」

ギャーギャーやりあう長尾と葉山の隙間に航平が薄いノートをねじ込んで見せた。

「時代はSurface」

「学長ったら、カッコつけちゃって〜」

「鼻にケーブル刺すぞ、このやろ」

「学長やめてください！」

航平と長尾と葉山は、芽依が一ミリも分からない話題で叫びあっている。

前はバカな男子たちのこういう大騒ぎが一番苦手だった。でもそれは……全く興味がなかったからだ。今は「ただ楽しいことをしている」のだと分かる。

まあ正直雑草の中で転がりまわることが何で楽しいのか知らないけど。

それに「ホント男子ってこういうのが好きなのよね」とは今も思う。

でも……このキャリーちゃんはとても可愛い。

芽依は掌に小さなメカを乗せて顔をあげた。

「菅原学園で働かせてください。よろしくお願いします」

芽依がそういうと、航平は目を輝かせて椅子からピョンと飛びおりて手を出してきた。

「よろしくな！」

差し出された手を芽依は握った。その手は分厚くて熱くて、力強かった。


「ただいまー！」

「芽依おかえり——！」

帰ると珍しく莉恵子が先に帰宅していて、すき焼きを作っていた。

神代のマンション下にあるスーパーでお肉が安くなっていて、それをタレで煮たのだと見せてくれた。すき焼きは、とにかく肉の量が膨大で、野菜という概念は存在しなくて、なぜか白滝の量がすごかった。

でも疲れた体に人が作ってくれたご飯は超美味しくて、かみしめながら食べた。

そしてポケットからキャリーちゃんを出して机に置いた。

莉恵子の目が輝く。

「?! 何これ、ちょっとまって芽依、すっごい可愛い」

「動くのよ。すごかったんだから」

「え～～～～?!」

予想通り莉恵子はキャリーに興味深々だった。

そして冷静になると分かる……きっと莉恵子と同居することで、オタクとかマニアとかいう生物と生活することに慣れてきたのだ。前の私だったら、ここまで学長たちのことを「面白い」と思えなかったかも知れない。

ここにきて莉恵子を見てると、本当に毎日楽しそうで憧れるのだ。

芽依はすき焼きの残りにうどんを入れて食べながらビールを飲んだ。

久しぶりに心底美味しいと思える味で、莉恵子と笑った。

第八話　それでも春はくるのだから

朝から雲ひとつない晴天で風もない休日の朝。芽依は洗濯物を干し終えて、相変わらずのんびり起きてきた莉恵子に軽く食事を出した。

そして自分はコーヒーを飲みながらスマホをいじる。

もう三月に入り、菅原学園との契約も済ませ、四月から働くことが正式に決定した。スケジュールに入っている『仕事はじめ』の文字を見るだけで緊張してしまう。

「来月からお仕事……教師なんてできるのかしら。緊張してきたわ」

「わかる。私ももうすぐ神代さんと本打ち合わせが始まる。マジで怖いよお」

「お互いがんばりましょう」

「うう～そうだね、もうお互い逃げられないもんねえ」

こたつの天板に顎を乗せてうだうだ嘆く莉恵子を芽依は苦笑しながら見守った。

莉恵子はそういえばさあ……と身体を戻した。

「就職決まったし、結桜ちゃんに連絡しないの？　元気だよーって、今なら聞いてくれるんじゃないかな」

「それがね」

そう言われて芽依はＬＩＮＥの画面を見せた。

その写真は、つい最近ママ友から送られてきたものだった。場所はウサギのキャラクターで有名な遊園地で、ママ友の子……佐都子と結桜が写っている。

ふたりともウサギの耳をつけて、ポップコーンを食べながら楽しそうだ。

それを見て莉恵子は目を輝かせる。

「家から出られたの？」

「そう。学校が春休みになって一緒にお出かけしたみたい」

「良かったねえ〜！　結桜ちゃんこんなに大きくなったのね、ウサギの耳、可愛い！」

莉恵子は写真を見てうれしそうに言ってくれた。

結婚式の時に一度だけ結桜に会っているので顔は覚えているようだった。

芽依はスマホをこたつの上に転がして苦笑した。

「どうやら、お義母さんと新しい奥さんが大喧嘩したみたいで」

「おお？」

「一時的にだと思うけど、奥さんは実家のほうに戻って。それが功を奏して結桜は部屋から出てきたみたい」

「家の状況はよく分からないけど、結桜ちゃんのためには良かったたねえ」

「本当にそうなのよ」

ママ友の情報収集力には本当に驚くんだけど、奥さんが分娩《ぶんべん》予約した病院は実家の近くらしく、ずっと「雨宮家にいたくない！」とゴネていたようだ。妊婦さんで移動も大変だろうし、気が休まる実家のが良いだろう。でもきっとお義母さんはそんなこと許さないと容易に想像できた。

「嫁なのに！」と近所の奥さんに愚痴ってたよ！　と楽しそうにLINEが来ていた。

拓司さんは週の半分くらいしか家にいないようだ。たぶんお義母さんと新しい奥さんに挟まれてる状態だろう。

まあもうそんなことは心底どうでもいいけれど。

芽依が気になっているのは結桜のことだけなので、とりあえず部屋から出て来られたことを本当にうれしく思う。

今年は中三で受験なので、とりあえず学校に行かないと始まらない。

ママ友の「ちょっと面白いのよお〜雨宮家」から始まるLINEはげんなりするけど、ママ友の娘……佐都子のおかげで家から出られた。本当に良かった。

芽依はコーヒーを飲んだ。

「私はお義母さんと喧嘩もできなかったし、それこそ新しい奥さんみたいに自分の意思を通すこともできなかった。拓司さんにも何も言えなかった。強烈な雨宮家で生きてくなら、それくらい根性がないとダメだったのよ。私はもういいわ。あの家の人間じゃなくなったの。だからもう連絡しなくて良いかも」

「そっかあ……芽依がいいなら良いよ。春からネクスト芽依だね！　正直めっちゃ楽しそうだよ、菅原学園。ドローンが飛ぶの、来年は私も見に行きたいなあ」

「行きましょう。すごく楽しかったのよ。あれはまた見たいわ」

「キャリーちゃん、動かしてよ〜。ほら私のノート、USB挿せるから！」

「やってみる？」

何も分からないけど、とりあえず航平から貰ったUEBを莉恵子のPCに挿してみた。

すると英語がガ〜ッと走り抜けて、画面には指示を出せ的な英文が出た。

適当に入れてみたけど、全く動かず、莉恵子とこたつに倒れこんだ。

これを素人が扱えると思っているのかしら。

やっぱり不安だわ……。

莉恵子は笑いながら画面とキャリーちゃんをスマホで撮影して神代に送っていた。

コーヒーを飲みながらチョコを食べていたら、玄関のチャイムが鳴った。

またAmazon?!　と思いながら出ると……芽依宛ての荷物だった。

「私宛て？」

「誰かに住所知らせたの？」

「知ってるのは……あ、やっぱり不動産会社の社長ね」

ここの住所は、新しく契約した菅原学園と、退職の手続きをするための不動産会社の書類にしか書いてない。荷物を取りに行った時、拓司がきて色々あったので私物の回収ができなかったから送ってくれたのだ。

開くと、会社で使っていたブランケットや荷物と会社の人たちからのメッセージが入っていた。営業の人たちの雑な経費報告を、芽依はいつも書き直して出していた。その感謝と、また遊びに来てください！　というメモが貼られたお土産。

その箱の下から、クッキーの缶が出てきた。

それはウサギのキャラクターが描かれた、結桜が佐都子と行ったあの遊園地のものだった。クッキー缶の上に桜の花びらが舞う封筒が貼り付けてある。

それをゆっくりと開けると、中には几帳面《きちょうめん》で小さな可愛い結桜の文字が見えた。

『芽依さん、やっほー！　なんか心配してるって佐都子ママから聞いた。ごめんごめん。もうあの新しい女マジでゴミクズ、私のへやに勝手に入ってスマホ触ろうとしてたの！　もう許せなくて絶対部屋から出たくなかったけど、なんかいなくなった。良かったあ〜。今更なんだけどさ、文句言っても許してくれる人周りにいなくて、芽依さんに甘えてた気がする。子どもだった、ごめん』

手紙を見ている視界が涙で滲《にじ》んで見えにくくなってくる。

芽依は必死にまばたきして続きを読む。

『毎日おばあちゃんはキレまくってて、おじいちゃんは家でぼんやりしてるし、お母さんは全く家にいないの。もうこの家ダメだ感がすごいけど、佐都子もいるし、友達みんな心配してくれてたから平気。なんとかなりそう。でもさあ、芽依さんは冷静になってみると、年が離れたお姉さんって感じで、今のが普通に話せる気がする。でもＬＩＮＥだとすぐ返ってくるから、なんかむしろ無理。手紙書いてみたら、わりと良い感じ？　だからたまにお手紙交換しない？　最近学校でも流行《はや》ってるの、文通。うちの郵便物はおばあちゃんが全部見ててイヤだから佐都子の所に送ってよ！　佐都子に持ってきてもらう！　んで、勉強はがんばってんの？　私に偉そうなこと言ってたんだから、やってるんだよね？　続報待ってます。　結桜より』

芽依は手紙を抱きしめて声を出して泣いた。

まだ繋がっていられる喜びと、自分がしてきたことが無駄じゃなかった気がして泣いた。

そしてクッキー缶の下からたくさんのお守りと御朱印帳が出てきた。

それはお義父さんと神社をまわった時の物で、お義父さんからも手紙が入っていた。

『こんなにあったら神様が喧嘩してしまう。また散歩を始めたので、こんど三田神社で会いましょう。御神木を清める会があります』

入っていたのは芽依の使っていた御朱印帳のみ。

お義父さんの分は入ってない。つまり一緒に行きましょうということだ。
うれしくて大切に抱き寄せると、たくさん付いている鈴がシャラと鳴った。
横で見ていた莉恵子もグズグズと泣いている。
うれしくてふたりでお土産に入っていたウサギの耳をつけて、クッキーを食べた。
お互いに似合わなくて「ひどいな」と言い合いながら。
クッキーは甘くてどこか苦かった。
外からやさしい風が、梅の甘酸っぱい香りを運んでくる。
春がくる。

あとがき

はじめまして、コイルです。

この本を手に取り、ここまで読んでくださり、ありがとうございます。

話を考え始めた時、真っ先に浮かんだのは、こたつに入っている女の人ふたりでした。

私自身仕事が忙しく、約束をしても飲みに行けないことが多いです。

友達なので「いいよ、また今度ね」と言ってくれますが本当は悲しい。

ゆっくり話がしたかったのに……だったら友達と住めば毎日飲めるのでは?!

この話が生まれたのはそれがキッカケです。

そしてカクヨムコン6で「キャラクター文芸部門」大賞を頂けたというメールを見た時、私はファミレスでラーメンを食べていたのですが、嬉《うれ》しくて拍手をして立ち上がってしまいました。

面白かったのは横に座っていた見知らぬサラリーマンのお兄さんも、なぜか拍手してくれたことです。お兄さんありがとうございます。あなたがこの作品最初の祝福者です。

一緒に食事をしていた後輩が「宝くじでも当たりました?」と不思議そうにしてましたが、とりあえず食事を奢《おご》って帰りました。

今でもあの席は私の中で幸福の席で、仕事で良《い》い報告メールを待っている時は、あの席に座るほどです。

ラブコメをメインで書いてきたので、今まで読んでくださった方々が引き続き読んでくれるか心配でした。でも読者さんたちが感想をくれて楽しく書くことができました。いつもありがとうございます、本当に助けられています。

この話は、仕事人間の莉恵子《りえこ》と、普通の主婦芽依《めい》のふたりで構成されています。

今は女性にも色々な生き方や選択肢があり、それを自分で選んでいくことを私は一番面白いと思っているからです。

毎日必死で、でも楽しく、前を向いて生きていく女たちふたりのお話が少しでも長く続き、楽しんで頂けると良いなあと思っています。

担当編集さま、すばらしいイラストを描いてくださった海島千本《うみしません》さま、本当にありがとうございました！

最後に、この本を出すために関わってくださったすべての方々に感謝します。

コイル

＜初出＞

本書は、２０２１年にカクヨムで実施された「第６回カクヨムＷｅｂ小説コンテスト」キャラクター文芸部門で大賞を受賞した『無駄に幸せになろうとすると死にたくなるので、こたつでアイス食べます』を加筆修正したものです。番外編は書き下ろしです。

この物語はフィクションです。実在の人物・団体等とは一切関係ありません。

◇◇メディアワークス文庫

無駄《むだ》に幸《しあわ》せになるのをやめて、こたつでアイス食《た》べます

コイル

2022年1月25日　初版発行

発行者　青柳昌行
発行　株式会社KADOKAWA
〒102-8177　東京都千代田区富士見2-13-3
0570-002-301（ナビダイヤル）
装丁者　渡辺宏一（有限会社ニイナナニイゴオ）
印刷　株式会社暁印刷
製本　株式会社暁印刷

●お問い合わせ
https://www.kadokawa.co.jp/（「お問い合わせ」へお進みください）
※内容によっては、お答えできない場合があります。
※サポートは日本国内のみとさせていただきます。
※Japanese text only

※定価はカバーに表示してあります。

Printed in Japan
ISBN978-4-04-914061-3 C0193

メディアワークス文庫　https://mwbunko.com/

本書に対するご意見、ご感想をお寄せください。

あて先
〒102-8177　東京都千代田区富士見2-13-3
メディアワークス文庫編集部
「コイル先生」係

◇◇◇

片想い中の幼なじみと契約結婚してみます。

神戸遥真

大好きな彼と、契約夫婦になりました。
(※絶対に恋心はバレちゃだめ)

　三十歳にして突如住所不定無職となった朝香。途方に暮れる彼女が憧れの幼なじみ・佑紀から提案されたのは――、

「婚姻届を出して、ぼくの家に住むのはどうかな」

　大地主の跡継ぎとして婚約相手を探していた彼との契約結婚だった！

　幼い頃に両親を亡くし、大きな屋敷でぽつんと暮らしている佑紀は、地元でも謎多き存在。孤独な彼に笑ってほしくて“愉快な同居人”を目指す朝香だけど、恋心は膨らむ一方で……。

　優しい海辺の町で紡がれる、契約夫婦物語！

小料理屋「春霞亭」 かりそめ夫婦の縁起めし

江中みのり

硬派すぎる料理人×人生に迷う三十路女子。
幸せで満腹になる小料理屋奮闘記。

『幸せにならなくていいから一人でいたくない』

ブラック職場に疲れ果てた花澄が辿り着いた、閑古鳥鳴く老舗小料理屋「春霞亭」。店主の敦志と利害の一致から契約結婚した花澄は、共に店の再建を目指すことになる。

華やかな街並みから浮いた古びた店構えに、センス無しの盛り付け、ヘンテコな内装。味は絶品だけど問題が山積みな店を繁盛させるため協力する二人の間には、次第に特別な想いも芽生えていき——。

幸せ願う縁起めしを届ける、美味しい小料理屋奮闘記。

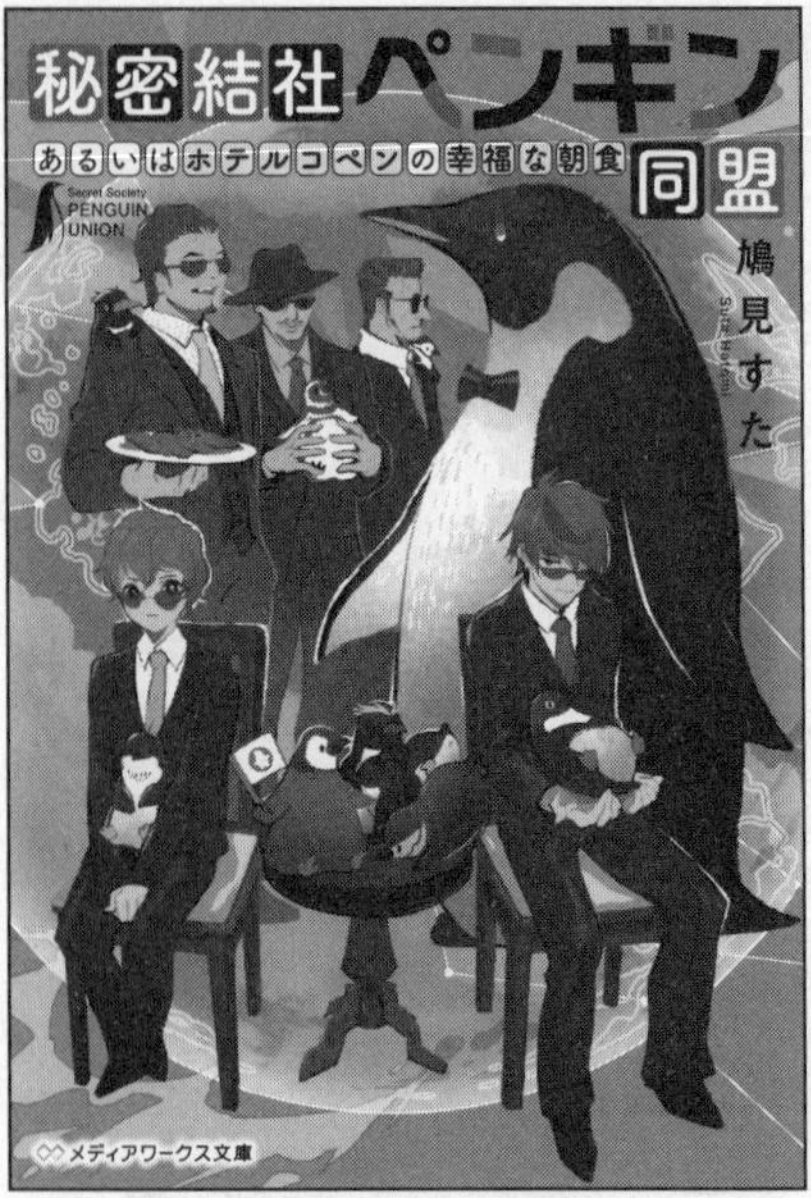

秘密結社ペンギン同盟

あるいはホテルコペンの幸福な朝食

鳩見すた

ペンギンたちが営むホテルの
おいしい世直し物語。

　望口駅前に建つ「ホテルコペン」は朝食ビュッフェが評判な、真心溢れるおもてなしの宿——というのは表の顔。その正体は、人間に進化したペンギンたちの秘密結社【ペンギン同盟】の隠れ蓑だった！
　ひょんなことから、そんなホテルのベルガールとしてスカウトされた犬洗ライカは、組織の“裏の仕事”も手伝うことに。武器はかわいさと善意、内容は無償の人助けというが、彼らの本当の目的とは一体——。
　６羽のクールなペンギンたちがあなたの心もお腹も満たす、痛快・連作ミステリー。

メディアワークス文庫

第27回電撃小説大賞《選考委員奨励賞》受賞作

ぼくらが死神に祈る日

川崎七音

余命４ヶ月。願いの代償。
残された命の使い道は――？

“教会跡地の神様”って知ってる？　大切なものを差し出して祈るの――。突然の事故で姉を失った高校生の田越作楽。悲しみにくれる葬儀の日、それと出会う。

「契約すれば死者をも蘇らせる」

“神様”の正体は、人の寿命を対価に願いを叶える“死神”だった。

余命４ヶ月。寿命のほとんどを差し出し姉を取り戻した作楽だが、その世界はやがて歪み始める。

かつての面影を失った姉。嘲笑う死神。苦悩の果て、ある決断をした作楽に、人生最後の日が訪れる――。

松村涼哉も激賞！　第27回電撃小説大賞で応募総数4,355作品から《選考委員奨励賞》に選ばれた青春ホラー。

メディアワークス文庫